dtv

Kurz nach zwanzig Uhr betritt er sein Fotoatelier am Marktplatz, wenige Stunden später ist Simon Lamberg tot. Erschlagen, wie Kommissar Kurt Wallander bald feststellen muß. Dunkel erinnert er sich an den alteingesessenen Fotografen, hat er doch selbst – wie jeder hier in Ystad – schon einmal dessen Dienste in Anspruch genommen. Aber was für ein Mensch war Lamberg? Wer hatte ein Interesse an seinem Tod? Ein merkwürdiger Mord: Es finden sich keine Spuren von Gewaltanwendung an den Türen, und es scheint auch nichts gestohlen worden zu sein. Die Ermittlungen laufen im Kreis. Da stößt Wallander auf ein Fotoalbum mit sonderbarem Inhalt …

*Henning Mankell,* geboren 1948 in Härjedalen, ist einer der angesehensten und meistgelesenen schwedischen Schriftsteller. Er lebt als Theaterregisseur und Autor abwechselnd in Maputo/Mosambik und in Schweden. Mit Kurt Wallander schuf er einen der weltweit beliebtesten Kommissare.

Henning Mankell

# Der Tod des Fotografen

Erzählung

Aus dem Schwedischen von
Wolfgang Butt

Deutscher Taschenbuch Verlag

Von Henning Mankell
sind als *dtv großdruck* im
Deutschen Taschenbuch Verlag erschienen:
Die Pyramide (25216)
Der Chronist der Winde (25242)

Juli 2006
Deutscher Taschenbuch Verlag GmbH & Co. KG,
München
www.dtv.de
Die vorliegende Geschichte wurde entnommen aus:
›Wallanders erster Fall und andere Erzählungen‹
Lizenzausgabe mit Genehmigung des Paul Zsolnay Verlags

Titel der schwedischen Originalausgabe:
›Pyramiden‹ (Ordfront Verlag, Stockholm 1999)

Umschlagkonzept: Balk & Brumshagen
Umschlaggestaltung: Stephanie Weischer unter Verwendung
eines Details des Gemäldes ›Night and Sleep‹ (ca. 1879)
von Evelyn De Morgan (Bridgeman Giraudon)
Gesetzt aus der Stempel Garamond 12/14· (3B2)
Gesamtherstellung: Druckerei C. H. Beck, Nördlingen
Gedruckt auf säurefreiem, chlorfrei gebleichtem Papier
Printed in Germany
ISBN-13: 978-3-423-25254-6
ISBN-10: 3-423-25254-5

Immer wenn es Frühjahr wurde, hatte er den gleichen Traum: daß er fliegen konnte. Der Traum lief stets auf dieselbe Weise ab. Er ging eine Treppe hinauf, die schwach beleuchtet war. Plötzlich öffnete sich die Decke, und er merkte, daß die Treppe ihn in eine Baumkrone geführt hatte. Zu seinen Füßen breitete sich die Landschaft aus. Er hob die Arme – und ließ sich fallen. Er herrschte über die Welt.

In diesem Augenblick erwachte er. Der Traum verließ ihn jedesmal an genau diesem Punkt. Er hatte den gleichen Traum seit vielen Jahren, hatte aber noch nie geträumt, daß er wirklich von der Spitze des Baumes fortgeschwebt wäre.

Der Traum kehrte zurück und narrte ihn immer wieder.

Er dachte daran, als er durch die Straßen von Ystad ging. In der Woche zuvor war eines Nachts der Traum zu ihm gekommen. Wie immer war er gerade in dem Augenblick abgebrochen, als er davonfliegen wollte. Jetzt würde er lange Zeit nicht wiederkehren.

Es war ein Abend Mitte April 1988. Die Frühjahrswärme ließ noch auf sich warten. Er bereute, keinen dickeren Pullover angezogen zu haben. Noch immer laborierte er an einer hartnäckigen Erkältung.

Es war kurz nach acht. Die Straßen waren menschenleer. In einiger Entfernung hörte er einen Wagen mit quietschenden Reifen anfahren. Dann verebbte das Motorgeräusch. Er ging immer denselben Weg. Vom Lavendelväg, wo er wohnte, folgte er der Tennisgata. Beim Magaretapark hielt er sich links und ging durch die Skottegata bis ins Zentrum. Dort bog er erneut links ab, kreuzte den Kristianstadsväg und war kurz darauf am Sankta Gertruds Torg, wo er sein Fotoatelier hatte. Wäre er ein junger Fotograf und gerade im Begriff, sich in Ystad zu etablieren, wäre die Lage nicht die beste. Aber er hatte sein Atelier seit mehr als fünfundzwanzig Jahren. Sein Kundenkreis war stabil. Sie wußten, wo sie ihn finden konnten. Sie kamen zu ihm, wenn sie Hochzeitsfotos machen lassen wollten. Dann kamen sie mit dem ersten Kind wieder. Oder anläßlich verschiedener Festlichkeiten, an die sie sich später erinnern wollten. Inzwischen hatte er auch schon Hochzeitsfotos von jungen Leuten gemacht, deren Eltern er bereits von ihrer Hochzeit her kannte. Als es zum ersten Mal geschah, war ihm klargeworden, daß er langsam alt wurde. Früher hatte er nicht soviel darüber nachgedacht, aber plötzlich war er fünfzig gewesen. Und das war jetzt auch schon sechs Jahre her.

Er blieb vor einem Schaufenster stehen und betrachtete sein Gesicht, das sich in der Scheibe spiegelte. Das Leben war, wie es war. Eigentlich konnte er nicht klagen. Wenn er noch zehn oder fünfzehn Jahre gesund bliebe, dann ...

Er schüttelte die Gedanken über den Lauf des Lebens ab und ging weiter. Ein böiger Wind wehte, und er zog die Jacke fester um sich. Er ging weder schnell noch langsam. Er hatte es nicht eilig. An zwei Abenden in der Woche kam er hierher in sein Atelier. Das waren die heiligen Stunden in seinem Leben. Zwei Abende, die er vollkommen ungestört mit seinen eigenen Bildern im Raum hinter dem Atelier verbringen konnte.

Er war am Ziel. Bevor er die Ladentür aufschloß, betrachtete er sein Schaufenster mit einer Mischung aus Mißmut und Irritation. Er hätte schon längst neu dekorieren sollen. Selbst wenn er kaum neue Kunden anlocken würde, müßte er an der Regel festhalten, die er sich vor mehr als zwanzig Jahren selbst gegeben hatte. Einmal im Monat sollte er die ausgestellten Fotografien auswechseln. Jetzt waren fast zwei Monate vergangen. Früher, als er noch einen Verkäufer beschäftigt hatte, war mehr Zeit gewesen, sich dem Fenster zur Straße zu widmen. Dem letzten Verkäufer hatte er vor fast vier Jahren gekündigt. Es war zu teuer geworden. Außerdem konnte er die anfallende Arbeit auch alleine bewältigen.

Er schloß auf und betrat den Laden. Das Atelier lag im Dunkeln. Er hatte eine Putzfrau, die dreimal in der Woche kam. Sie hatte einen eigenen Schlüssel und pflegte schon um fünf Uhr morgens sauberzumachen. Weil es während des Vormittags geregnet hatte, war der Fußboden schmutzig. Er mochte keinen Schmutz. Also machte er das Licht nicht an, sondern ging direkt in sein Atelier und weiter in den hintersten Raum, in dem er seine Bilder entwickelte. Er schloß die Tür und machte das Licht an. Hängte seine Jacke auf. Stellte das Radio an, das auf einem kleinen Wandregal stand. Er hatte immer einen Sender eingestellt, auf dem er klassische Musik hören konnte. Dann stellte er die Kaffeemaschine an und wusch eine Tasse ab. Ein Wohlgefühl begann sich in ihm auszubreiten. Das Zimmer hinter dem Atelier war seine Kathedrale, sein heiliger Raum. Niemand durfte ihn betreten außer seiner Putzhilfe. Hier befand er sich im Mittelpunkt der Welt. Hier war er allein. Alleinherrscher.

Während er darauf wartete, daß der Kaffee durchlief, dachte er an das, was ihn erwartete. Er bestimmte immer im voraus, mit welcher

Arbeit er den Abend verbringen wollte. Er war ein methodischer Mensch, der nichts dem Zufall überließ.

An diesem Abend war der schwedische Ministerpräsident an der Reihe. Es war seltsam, daß er ihm bisher noch keinen Abend gewidmet hatte. Aber heute hatte er sich auf ihn vorbereitet. Seit mehr als einer Woche hatte er die Tageszeitungen sorgfältig nach einem Bild durchsucht, das er benutzen konnte. In einer der Abendzeitungen hatte er es entdeckt und sofort gewußt, daß es das richtige war. Es erfüllte alle seine Wünsche. Er hatte es vor ein paar Tagen abfotografiert. Jetzt lag es in einer Schreibtischschublade. Er goß sich Kaffee ein und summte die Musik mit. Gerade wurde eine Klaviersonate von Beethoven gespielt. Er hörte lieber Bach als Beethoven. Am liebsten Mozart. Doch er konnte nicht leugnen, daß die Klaviersonate schön war.

Er setzte sich an den Schreibtisch, richtete die Lampe aus und schloß die linke obere Schublade auf. Dort lag das Foto des Ministerpräsidenten. Er hatte das Bild vergrößert, wie immer. Ein bißchen größer als ein A4-Bogen. Er legte es vor sich auf den Tisch, trank einen Schluck Kaffee und betrachtete das Gesicht. Wo sollte er anfangen? Wo sollte er mit dem Schrumpfen beginnen? Der Mann auf dem Bild lächelte und schaute nach links. In seinem Blick lag eine Spur von Beunruhigung oder Unsicherheit. Er beschloß, sich als erstes die Augen vorzunehmen. Sie würden schielen und kleiner werden. Wenn er den Vergrößerungsapparat schräg stellte, würde das Gesicht außerdem in die Länge gezogen. Er konnte auch versuchen, das Papier mit einer Wölbung in den Vergrößerungsapparat zu bringen, und sehen, welcher Effekt sich dabei ergab. Dann würde er schneiden und kleben und auf diese Weise den Mund verschwinden lassen. Oder ihn vielleicht zunähen. Politiker redeten immer zuviel.

Er trank seinen Kaffee aus. Die Uhr an der Wand zeigte Viertel vor neun. Ein paar lärmende Jugendliche gingen draußen auf der Straße vorbei und störten für einen Augenblick die Musik.

Er stellte die Kaffeetasse ab. Dann begann er mit der mühsamen, aber befriedigenden Arbeit des Retuschierens. Langsam veränderte sich das Gesicht.

Er brauchte mehr als zwei Stunden.

Daß es das Gesicht des Ministerpräsidenten war, konnte man noch erkennen. Doch was war mit ihm geschehen? Er stand auf und hängte das Bild an die Wand. Richtete eine Lampe darauf. Im Radio lief Strawinskys ›Sacre du printemps‹. Die dramatische Musik paßte gut, fand er, als er sein Werk in Augenschein nahm. Das Gesicht war nicht mehr dasselbe.

Jetzt blieb noch das Wichtigste. Der befriedigendste Teil seiner Arbeit. Nun würde er das Bild schrumpfen lassen. Es klein und unbedeutend machen.

Er legte es auf die Glasplatte und richtete das Licht aus. Machte das Bild kleiner und kleiner. Die Details wurden zusammengezogen, blieben aber scharf. Erst als das Gesicht undeutlich zu werden begann, hörte er auf.

Er war endlich am Ziel.

Es war fast zwölf Uhr, als das fertige Bild vor ihm auf dem Schreibtisch lag. Das verzerrte Gesicht des Ministerpräsidenten war jetzt nicht größer als ein Paßfoto. Wieder einmal hatte er einen dieser machtbesessenen Menschen auf Proportionen zurechtgestutzt, die angemessener waren. Aus großen Männern machte er kleine. In seiner Welt war niemand größer als er selbst. Er veränderte ihre Gesichter. Machte sie klein und lächerlich. Durch ihn wurden sie zu bedeutungslosen Insekten.

Er nahm das Album hervor, das er im Schreibtisch aufbewahrte. Blätterte darin bis zur ersten leeren Seite. Dort klebte er das von ihm manipulierte Bild ein. Mit einem Füller schrieb er das Datum darunter.

Er lehnte sich im Stuhl zurück. Wieder hatte er ein Bild fertiggestellt und eingeklebt. Es war ein gelungener Abend. Das Resultat war gut. Und nichts hatte ihn gestört. Keine unruhigen Gedanken waren in seinem Kopf umhergewirbelt. Es war ein Abend in der Kathedrale, an dem alles Ruhe und Frieden geatmet hatte.

Er legte das Album zurück und verschloß die Schublade. Auf Strawinskys ›Sacre du printemps‹ war Händel gefolgt. Manchmal ärgerte ihn die Unfähigkeit der Programmgestalter, weiche Übergänge zu schaffen.

Er stand auf und schaltete das Radio ab. Es war Zeit, nach Hause zu gehen.

Im gleichen Augenblick hatte er das Gefühl, daß etwas nicht stimmte. Er bewegte sich nicht. Alles war still. Schließlich schaltete er die Kaffeemaschine aus und begann die Lampen auszumachen. Dann hielt er erneut inne. Etwas war nicht in Ordnung. Er hatte ein Geräusch aus dem Atelier gehört. Plötzlich bekam er Angst. War jemand in den Laden eingebrochen? Er ging auf Zehenspitzen zur Tür und lauschte. Alles war still. Ich bilde mir etwas ein, dachte er ärgerlich. Wer sollte in ein Fotoatelier einbrechen, in dem nicht einmal Fotoapparate verkauft wurden? Kameras, die zu stehlen sich lohnen würde?

Er lauschte wieder. Nichts. Er nahm die

Jacke vom Haken und zog sie an. Die Uhr an der Wand zeigte neunzehn Minuten vor zwölf. Um diese Zeit pflegte er seine Kathedrale abzuschließen und nach Hause zu gehen. Er blickte sich noch einmal um, bevor er die letzte Lampe löschte. Anschließend öffnete er die Tür. Das Atelier lag im Dunkeln. Er drückte auf den Lichtschalter. Es war, wie er gedacht hatte. Da war niemand. Er machte das Licht wieder aus und wendete sich zur Tür.

Dann ging alles sehr schnell.

Plötzlich trat jemand aus der Dunkelheit auf ihn zu. Jemand, der hinter einem der heruntergerollten Hintergründe gestanden hatte, die er für seine Atelierfotos benutzte. Er konnte nicht erkennen, wer es war. Weil der Schatten den Ausgang blockierte, konnte er nur eins tun. Zurück ins Hinterzimmer flüchten und die Tür abschließen. Dort war auch ein Telefon, und er konnte um Hilfe telefonieren.

Er machte kehrt, aber er kam nicht bis zur Tür. Der Schatten bewegte sich schneller. Etwas traf ihn am Hinterkopf. Und bewirkte, daß die Welt zuerst in einem weißen Licht explodierte und dann vollkommen weiß wurde.

Er war tot, bevor sein Körper auf dem Fußboden aufschlug.

Es war genau siebzehn Minuten vor Mitternacht.

Die Putzhilfe hieß Hilda Waldén. Kurz nach fünf Uhr kam sie zu Simon Lambergs Fotoatelier, wo sie ihre Morgenschicht begann. Sie stellte ihr Fahrrad vor dem Laden ab und schloß es sorgfältig mit einer Kette an. Es nieselte, und es war kälter geworden. Sie fröstelte, als sie den richtigen Schlüssel heraussuchte. Der Frühling ließ auf sich warten. Sie öffnete und trat ein. Der Fußboden war nach dem Regenwetter der letzten Tage schmutzig. Sie stellte ihre Handtasche neben die Kasse auf die Theke und legte ihren Mantel auf einen Stuhl neben dem kleinen Zeitungstisch. Im hinteren Teil des Ateliers befand sich ein Putzschrank. Dort verwahrte sie ihren Putzkittel und ihre Arbeitsgeräte. Lamberg muß bald einen neuen Staubsauger kaufen, dachte sie. Der alte taugt nicht mehr viel.

Sie betrat das Atelier und entdeckte ihn im selben Augenblick. Ihr war sofort klar, daß er tot war. Das Blut hatte sich um seinen ganzen Körper ausgebreitet.

Dann floh sie hinaus auf die Straße. Ein pensionierter Bankdirektor, dem sein Arzt regelmäßige Spaziergänge verordnet hatte, fragte sich entsetzt, was passiert war, nachdem es ihm mit Mühe und Not gelungen war, die schreiende Frau zu beruhigen.

Sie stand da und zitterte am ganzen Körper,

während er zu einer Telefonzelle an der nächsten Straßenecke lief und den Notruf wählte.

Es war zehn Minuten nach fünf.

Nieselregen.

Böiger Wind aus Südwest.

Es war Martinsson, der anrief und Wallander um drei Minuten nach sechs weckte. Wallander wußte aus langer Erfahrung, daß etwas Ernstes geschehen war, wenn das Telefon so früh klingelte. Normalerweise stand er bereits vor sechs Uhr auf, aber an diesem Morgen hatte er noch geschlafen. Er hatte sich am Abend zuvor ein Stück von einem Zahn abgebissen und während der Nacht Zahnschmerzen gehabt. Erst gegen vier Uhr war es ihm gelungen, ein wenig Schlaf zu finden, nachdem er mehrfach aufgestanden war und Schmerztabletten genommen hatte. Deshalb war er noch völlig verschlafen, als er zum Hörer griff. Er merkte, wie der Schmerz zurückkam.

»Habe ich dich geweckt?« fragte Martinsson.

»Ja«, antwortete Wallander und wunderte sich darüber, daß er ausnahmsweise einmal die Wahrheit sagte. »Das hast du tatsächlich. Was ist denn passiert?«

»Ich bin von der Nachtschicht angerufen worden. Gegen halb sechs haben sie einen ziemlich merkwürdigen Notruf bekommen. Wegen eines angeblichen Mordes am Sankta Gertruds Torg. Eine Streife ist hingefahren.«

»Und?«

»Leider stimmt es.«

Wallander hatte sich im Bett aufgesetzt. Der Notruf war also vor einer halben Stunde eingegangen.

»Bist du selber dort gewesen?«

»Wie sollte ich das denn geschafft haben? Ich war gerade beim Anziehen, als das Telefon klingelte. Ich dachte, es sei am besten, mich direkt bei dir zu melden.«

Wallander nickte stumm in den Hörer. »Und wissen wir, wer es ist?« fragte er.

»Es scheint der Fotograf zu sein, der da unten am Marktplatz sein Atelier hat. Ich habe seinen Namen vergessen.«

»Lamberg?« fragte Wallander mit gerunzelter Stirn.

»Ja, so heißt er. Simon Lamberg. Wenn ich es richtig verstanden habe, hat die Putzhilfe ihn gefunden.«

»Wo?«

»Was meinst du damit?«

»Wo sie ihn gefunden hat. Im Laden oder draußen?«

»Im Laden.«

Wallander dachte nach. Der Wecker neben seinem Bett zeigte sieben Minuten nach sechs.

»Sagen wir, in einer Viertelstunde?« fragte er dann.

»Ja«, antwortete Martinsson. »Die Streife sagte, es wäre kein angenehmer Anblick.«

»Das haben Mordplätze so an sich«, sagte Wallander. »Ich glaube, ich bin noch nie in meinem Leben an einem gewesen, den man als angenehm hätte beschreiben können.«

Sie beendeten das Gespräch.

Wallander blieb im Bett sitzen. Die von Martinsson übermittelte Nachricht berührte ihn unangenehm. Wenn es stimmte, wußte Wallander ziemlich genau, wer der Tote war. Simon Lamberg hatte Wallander häufig fotografiert. Die Erinnerungen an verschiedene Gelegenheiten, bei denen er das Fotoatelier besucht hatte, gingen ihm durch den Kopf. Als Mona und er Ende Mai 1970 geheiratet hatten, waren sie von Lamberg fotografiert worden. Er hatte die Aufnahmen jedoch nicht im Atelier gemacht, sondern unten am Strand, neben dem Hotel Saltsjöbaden. Mona hatte es so gewollt. Wallander konnte sich noch erinnern, daß er selber das Ganze für unnötig gehalten hatte. Daß sie ihre Hochzeit überhaupt in Ystad gefeiert hatten, hatte damit zusammengehangen, daß Monas alter Konfirmationspastor damals dort tätig gewesen war. Wallander hätte am liebsten in Malmö geheiratet, und zwar nur standesamtlich. Aber da hatte Mona nicht mitgemacht. Daß sie außerdem an einem kalten und windigen Strand stehen und sich fotografieren lassen mußten, hatte seine Laune ebenfalls nicht gerade gehoben. Wallander erschien es unnötig viel Aufwand für eine romantische Fotografie zu sein, die dann nicht einmal gelungen war.

Auch Linda war als Kind ab und zu von Lamberg fotografiert worden.

Wallander stand auf und zog sich gleich an. Das Duschen würde er heute einmal überspringen. Anschließend ging er ins Badezimmer und sperrte den Mund auf. Wie oft er das im Laufe der vergangenen Nacht getan hatte, wußte er nicht. Jedesmal hatte er gehofft, daß der Zahn wieder ganz wäre.

Es war ein Zahn links im Unterkiefer. Als er mit einem Finger den Mundwinkel zurückzog, konnte er deutlich sehen, daß der halbe Zahn weg war. Vorsichtig putzte er sich die Zähne. Als er an den kaputten Zahn kam, spürte er einen jähen Schmerz.

Er verließ das Bad und ging in die Küche. Schmutziges Geschirr stapelte sich. Er warf einen Blick durchs Küchenfenster nach draußen. Es war windig und regnete. Die Straßenlaterne schwankte im Wind. Das Thermometer zeigte vier Grad über Null. Er schnitt eine

Grimasse der Verärgerung. Der Frühling ließ weiter auf sich warten. Bevor er die Wohnung verließ, ging er noch einmal ins Wohnzimmer. Im Bücherregal stand ihr Hochzeitsfoto. Er nahm es herunter.

Als wir uns getrennt haben, hat Lamberg nicht fotografiert, dachte Wallander. In Gedanken ging er das Geschehene noch einmal durch. Eines Tages, vor ein paar Monaten, hatte Mona ihm eröffnet, sie fände es gut, wenn sie sich für eine Weile trennten. Sie müsse sich einmal gründlich Gedanken darüber machen, was sie eigentlich wolle. Wallander hatte es die Sprache verschlagen. Auch, wenn es ihn im Innersten nicht wirklich überraschte. Sie hatten sich auseinandergelebt. Hatten weniger und weniger, worüber sie miteinander reden konnten, und immer weniger Freude am Sex. Am Ende hatte nur noch Linda ihre Ehe zusammengehalten.

Wallander hatte dagegen angekämpft. Er hatte gefleht und gedroht, aber Mona hatte sich nicht umstimmen lassen. Sie war zurück nach Malmö gezogen. Linda war mit ihr gegangen. Die Großstadt hatte gelockt. Immer noch hoffte Wallander, daß sie eines Tages noch einmal eine Chance bekämen. Aber inwieweit diese Hoffnung begründet war, wußte er nicht.

Er schüttelte die Gedanken ab und stellte

das Foto zurück ins Regal. Dann verließ er die Wohnung.

Er fragte sich, was passiert war. Wer war Lamberg? Obwohl er bestimmt vier- oder fünfmal von ihm fotografiert worden war, hatte er keine deutliche Erinnerung an ihn. Lamberg war auf sonderbare Weise anonym geblieben. Wallander hatte sogar Schwierigkeiten, sich sein Gesicht vorzustellen.

Er brauchte nur ein paar Minuten, um zum Sankta Gertruds Torg zu fahren. Zwei Streifenwagen standen vor dem Laden. Eine Menschenmenge hatte sich versammelt. Einige Polizisten waren dabei, die Straße vor dem Eingang abzusperren. Martinsson traf ein. Wallander merkte, daß er ausnahmsweise einmal unrasiert war.

Sie traten an das Absperrband. Nickten dem Polizisten von der Nachtschicht zu.

»Es sieht nicht schön aus«, sagte er. »Der Tote liegt vornüber auf dem Fußboden. Viel Blut.«

Wallander unterbrach ihn. »Und ist es sicher, daß es der Fotograf ist? Lamberg?«

»Die Putzfrau ist der Meinung.«

»Ihr geht es sicher ziemlich schlecht«, meinte Wallander. »Bring sie hoch ins Präsidium. Biete ihr Kaffee an. Wir kommen so schnell wie möglich nach.«

Sie gingen zur Tür, die offenstand.

»Ich habe Nyberg angerufen«, sagte Martinsson. »Die Spurensicherung ist unterwegs.«

Sie betraten den Laden. Alles war sehr still. Wallander ging voraus, Martinsson folgte unmittelbar hinter ihm. Sie kamen an der Theke vorbei und erreichten das Atelier. Es sah entsetzlich aus.

Der Mann, der dort auf dem Bauch lag, war auf einem ausgerollten Fußbodenpapier gelandet, wie Fotografen es benutzen, wenn sie ihre Bilder machen. Das Papier war weiß. Es bildete einen scharfen Kontrast zum Rot des Blutes.

Wallander trat vorsichtig näher. Er hatte die Schuhe ausgezogen und ging auf Strümpfen. Dann beugte er sich nieder.

Die Putzfrau hatte recht. Es war Simon Lamberg. Wallander erkannte ihn. Der Kopf war so verdreht, daß die eine Gesichtshälfte nach oben zeigte. Die Augen standen offen.

Wallander versuchte ihren Ausdruck zu deuten. War dort noch etwas anderes als Schmerz und Verwunderung? Er konnte es nicht mit Sicherheit sagen.

»Es besteht kaum ein Zweifel an der Todesursache«, sagte er und zeigte auf die Schlagverletzung am Hinterkopf.

Martinsson war neben Wallander in die Hocke gegangen. »Der ganze Hinterkopf ist zertrümmert«, sagte er mit deutlicher Betroffenheit.

Wallander warf ihm einen Blick zu. Es war bei verschiedenen Gelegenheiten vorgekommen, daß Martinsson beim Anblick eines Mordopfers schlecht geworden war. Aber im Moment schien er sich beherrschen zu können.

Sie erhoben sich wieder. Wallander blickte sich um. Keinerlei Anzeichen dafür, daß dem Mord ein Kampf vorausgegangen war. Er sah auch nichts, was die Mordwaffe hätte sein können. Er ging an dem Toten vorbei und öffnete die hintere Tür. Machte Licht. Hier war offenbar Lambergs Büro gewesen, und hier hatte er seine Bilder entwickelt.

Auch in diesem Raum herrschte Ordnung. Die Schreibtischschubladen waren verschlossen, die Schlösser schienen unangetastet.

»Nach Einbruch sieht das nicht aus«, meinte Martinsson.

»Das wissen wir noch nicht«, antwortete Wallander. »War Lamberg eigentlich verheiratet?«

»Seine Putzfrau hat es behauptet. Sie wohnen im Lavendelväg.«

Wallander kannte die Straße. »Ist seine Frau benachrichtigt worden?«

»Das bezweifle ich.«

»Dann müssen wir damit anfangen. Das kann Svedberg übernehmen.«

Martinsson sah Wallander verwundert an. »Solltest du das nicht tun?«

»Das kann Svedberg genausogut wie ich. Ruf ihn an. Sag ihm, er soll nicht vergessen, einen Pastor mitzunehmen.«

Es war inzwischen Viertel vor sieben. Martinsson ging zurück in den Laden und telefonierte mit Svedberg. Wallander blieb in der Tür zum Hinterzimmer stehen und schaute sich um. Er versuchte sich vorzustellen, was eigentlich passiert war. Es wurde dadurch erschwert, daß er keine Zeitabfolge hatte. Er dachte, daß er als allererstes mit der Frau sprechen mußte, die Lamberg gefunden hatte. Vorher konnte er keine Schlüsse ziehen.

Martinsson kam zurück. »Svedberg ist auf dem Weg ins Präsidium«, berichtete er.

»Das sind wir auch«, sagte Wallander. »Ich möchte mit der Putzfrau sprechen. Gibt es schon irgendwelche Zeitangaben?«

»Die Nachtschicht meinte, es wäre schwierig gewesen, mit ihr zu reden. Sie stand wohl unter Schock.«

Nyberg tauchte hinter Martinsson auf. Sie nickten einander zu. Nyberg war ein erfahrener und tüchtiger, wenn auch oft sehr unwirscher Kriminaltechniker. Wallander hatte bei vielen Gelegenheiten festgestellt, daß sie nur dank seiner Arbeit komplizierte Verbrechen hatten aufklären können.

Nyberg verzog das Gesicht, als er den Toten sah. »Der Fotograf persönlich«, bemerkte er.

»Simon Lamberg«, sagte Wallander.

»Ich habe vor ein paar Jahren Paßbilder bei ihm machen lassen«, erzählte Nyberg. »Dabei hätte ich mir verdammt nicht träumen lassen, daß mal jemand hingehen und ihn erschlagen würde.«

Er hatte sich seine Jacke ausgezogen. »Was wissen wir?«

»Daß er irgendwann nach fünf von der Putzfrau entdeckt worden ist. Das ist praktisch alles.«

»Dann wissen wir also nichts«, stellte Nyberg fest und machte sich an die Arbeit.

Martinsson und Wallander verließen das Atelier. Nyberg sollte in Ruhe arbeiten können. Wallander wußte, daß er gründlich vorgehen würde.

Sie fuhren ins Präsidium. Wallander blieb in der Anmeldung stehen und bat Ebba, die gerade gekommen war, bei seinem Zahnarzt anzurufen und einen Termin für ihn zu vereinbaren. Er nannte ihr den Namen.

»Hast du Schmerzen?« fragte sie.

»Ja«, sagte Wallander. »Ich muß erst noch

mit der Putzfrau sprechen, die den Fotografen Lamberg tot aufgefunden hat. Das dauert vielleicht eine Stunde. Und dann möchte ich gern so schnell wie möglich zum Zahnarzt.«

»Lamberg?« fragte Ebba erstaunt. »Was ist denn passiert?«

»Er ist ermordet worden.«

Ebba sank auf ihren Stuhl. »Bei dem bin ich so oft gewesen«, sagte sie betroffen. »Er hat alle meine Enkelkinder fotografiert. Eines nach dem anderen.«

Wallander nickte, aber er sagte nichts.

Dann ging er durch den Korridor zu seinem Zimmer. Alle scheinen beim Fotografen Lamberg gewesen zu sein, dachte er. Alle haben wir vor seiner Kamera gestanden. Ich frage mich, ob alle einen ähnlich vagen Eindruck von ihm hatten wie ich.

Es war inzwischen fünf nach sieben.

Ein paar Minuten später betrat Hilda Waldén das Zimmer. Sie hatte sehr wenig zu sagen. Wallander merkte, daß es nicht nur an ihrer Aufregung oder am Schock lag. Der eigentliche Grund war, daß sie Lamberg überhaupt nicht gekannt hatte, obwohl sie seit über zehn Jahren in seinem Fotoatelier geputzt hatte.

Als sie, von Hansson begleitet, in Wallanders Zimmer gekommen war, hatte er ihr die Hand gegeben und sie freundlich gebeten, Platz zu nehmen. Sie war ungefähr sechzig Jahre alt und hatte ein mageres Gesicht. Wallander dachte, daß sie sicher ihr ganzes Leben lang hart gearbeitet hatte. Hansson verließ das Zimmer, und Wallander suchte sich aus den Kollegblöcken, die stapelweise in seinen Schubladen lagen, einen aus. Er begann damit, seinem Bedauern über das Geschehene Ausdruck zu verleihen. Er verstehe, daß sie aufgewühlt sei. Dennoch könne er mit seinen Fragen nicht warten. Es sei ein schweres Verbrechen begangen worden. Jetzt gelte es, so schnell wie möglich den Täter und das Motiv zu identifizieren.

»Fangen wir ganz vorn an«, sagte er. »Sie haben in Simon Lambergs Fotoatelier geputzt?«

Sie antwortete sehr leise. Wallander mußte sich vorbeugen, um sie zu verstehen.

»Ich habe zwölf Jahre und sieben Monate bei ihm geputzt. Dreimal in der Woche. Montags, mittwochs und freitags.«

»Wann sind Sie heute morgen in den Laden gekommen?«

»Um kurz nach fünf. Ich putze in allen Geschäften morgens. Und Lambergs war immer das erste.«

»Ich nehme an, Sie haben einen eigenen Schlüssel?«

Sie sah ihn erstaunt an. »Wie sollte ich sonst hineinkommen? Lamberg hat nie vor zehn Uhr aufgemacht.«

Wallander nickte und fuhr fort. »Sind Sie von der Straße aus hineingegangen?«

»Es gibt keinen Hintereingang.«

Wallander notierte.

»Und die Tür war verschlossen?«

»Ja.«

»Das Schloß war nicht aufgebrochen?«

»Ich habe jedenfalls nichts bemerkt.«

»Was geschah dann?«

»Ich ging hinein, stellte meine Handtasche ab und zog meinen Mantel aus.«

»Ist Ihnen etwas Ungewöhnliches aufgefallen?«

Er merkte, daß sie wirklich nachdachte und versuchte, sich zu erinnern.

»Es war alles wie immer. Gestern morgen hat es geregnet. Der Fußboden war ungewöhnlich schmutzig. Ich wollte meine Eimer und Putzlappen holen.«

Sie brach plötzlich ab.

»Und da haben Sie ihn entdeckt?«

Sie nickte stumm.

Einen Moment lang fürchtete Wallander, sie könnte zusammenbrechen, aber sie holte tief Luft und faßte sich.

»Um wieviel Uhr haben Sie ihn entdeckt?«

»Um neun Minuten nach fünf.«

Er sah sie erstaunt an. »Wieso wissen Sie das so genau?«

»An der Wand im Atelier hängt eine Uhr. Ich habe sofort darauf geguckt. Vielleicht, um ihn nicht tot daliegen sehen zu müssen. Vielleicht auch, weil ich den exakten Zeitpunkt des schrecklichsten Anblicks in meinem ganzen Leben wissen wollte.«

Wallander nickte. Er glaubte zu verstehen. »Und was taten Sie dann?«

»Ich bin auf die Straße hinausgelaufen. Ich weiß nicht mehr, ob ich geschrien habe. Aber es kam ein Mann. Er rief von einer Telefonzelle in der Nähe die Polizei an.«

Wallander legte für einen Moment den Bleistift fort. Jetzt hatte er Hilda Waldéns Zeitplan bekommen. Er zweifelte nicht an seiner Richtigkeit.

»Können Sie mir erklären, warum Lamberg sich so früh am Morgen im Laden aufgehalten hat?«

Ihre Antwort kam schnell und entschieden. Wallander sagte sich, daß sie über die Frage nachgedacht haben mußte, bevor er sie gestellt hatte.

»Manchmal ging er abends noch ins Atelier. Er blieb aber nie länger als bis Mitternacht. Es muß vorher passiert sein.«

»Woher wissen Sie das alles? Wenn Sie doch morgens saubermachen?«

»Vor einigen Jahren habe ich mal mein Portemonnaie im Putzkittel vergessen. Als ich es bemerkt habe, bin ich losgegangen, um es zu holen. Da war er im Laden. Er erzählte mir, daß er an zwei Abenden in der Woche ins Atelier käme.«

»Um zu arbeiten?«

»Er saß wohl meistens im Hinterzimmer und pusselte mit seinen Papieren. An dem Abend, an dem ich dort war, hatte er das Radio an.«

Wallander nickte nachdenklich. Vermutlich hatte sie recht. Der Mord war nicht erst am Morgen, sondern bereits am Abend zuvor geschehen. Er sah sie an. »Haben Sie eine Ahnung, wer es gewesen sein kann?«

»Nein.«

»Hatte er irgendwelche Feinde?«

»Ich weiß es nicht. Ich kannte ihn nicht gut genug. Ich habe dort nur saubergemacht.«

Wallander ließ nicht locker. »Sie haben mehr als zwölf Jahre bei ihm saubergemacht. Sie müssen ihn doch kennengelernt haben. Seine Gewohnheiten. Marotten. Etwas in der Art.«

»Ich kannte ihn überhaupt nicht. Er war sehr reserviert.«

»Können Sie ihn denn beschreiben?«

Ihre Antwort irritierte ihn.

»Wie beschreibt man einen Menschen, der so anonym ist, daß er fast eins wird mit der Wand?«

Er schob seinen Kollegblock zur Seite. »Haben Sie in der letzten Zeit etwas Ungewöhnliches an ihm bemerkt?«

»Ich habe ihn nur einmal im Monat getroffen, um meinen Lohn abzuholen.«

»Wann war das zuletzt?«

»Vor zwei Wochen.«

»Und da war er wie immer?«

»Ja.«

»Er wirkte nicht beunruhigt? Nicht nervös?«

»Nein.«

»Sie haben auch im Laden nichts bemerkt? Irgend etwas, was sich verändert hatte?«

»Nichts.«

Sie ist eine ausgezeichnete Zeugin, dachte Wallander. Ihre Antworten sind bestimmt. Sie hat eine gute Beobachtungsgabe. Ich brauche nicht zu bezweifeln, daß sie sich richtig erinnert.

Er hatte keine Fragen mehr. Das Gespräch hatte weniger als zwanzig Minuten gedauert. Er rief Martinsson an, der versprach, dafür zu sorgen, daß Hilda Waldén nach Hause gebracht wurde.

Als er wieder allein war, trat er ans Fenster und blickte in den Regen hinaus. Er fragte sich zerstreut, wann wohl der Frühling käme. Und wie es sein würde, ihn ohne Mona zu erleben. Dann meldeten sich seine Zahnschmerzen wieder. Er sah auf die Uhr. Noch war es zu früh. Sein Zahnarzt war noch nicht in der Praxis. Gleichzeitig fragte er sich, wie Svedberg wohl zurechtkam. Eine Todesnachricht zu überbringen war eine der gefürchtetsten Aufgaben für einen Polizisten. Besonders, wenn es sich um einen unerwarteten und brutalen Mordfall handelte. Aber er zweifelte nicht daran, daß Svedberg seine Aufgabe bewältigen würde. Er war ein guter Polizist. Vielleicht nicht besonders begabt, aber eifrig, und sein Schreibtisch war stets pedantisch aufgeräumt. Das machte ihn zu einem der besten, mit denen Wallander je zusammengearbeitet hatte.

Er wandte sich vom Fenster ab, ging hinaus in den Eßraum und holte eine Tasse Kaffee. Was konnte wohl passiert sein? Simon Lamberg ist ein Fotograf, der auf die Sechzig zugeht, dachte er. Ein Mann mit festen Gewohnheiten, der sein Fotoatelier tadellos führt. Der Konfirmanden, Hochzeitspaare und Kinder aller Altersstufen fotografiert. Seiner Putzfrau zufolge pflegt er zwei Abende in der Woche in seinem Atelier zu verbringen. Dann sitzt er im Hinterzimmer und kramt in seinen Papieren und hört Musik.

Wallander war wieder in seinem Zimmer angelangt. Er stellte sich mit der Kaffeetasse in der Hand ans Fenster und starrte erneut in den Regen hinaus.

Warum saß Lamberg dort im Atelier? Etwas daran hatte Wallanders Neugier geweckt.

Er schaute auf die Uhr.

Im gleichen Augenblick rief Ebba an. Sie hatte seinen Zahnarzt erreicht. Wallander konnte sofort kommen.

Er beschloß, nicht länger zu warten. Wenn er die Ermittlung in einem Mordfall leiten wollte, konnte er nicht mit Zahnschmerzen herumlaufen. Er ging zu Martinsson hinein.

»Ich habe mir gestern einen Zahn abgebissen«, sagte er. »Ich gehe jetzt zum Zahnarzt. Ich nehme an, daß ich in einer Stunde wieder hier bin. Dann halten wir eine Besprechung ab. Ist Svedberg schon zurück?«

»Nicht, soweit ich weiß.«

»Sieh zu, ob Nyberg eine Weile dabeisein kann. Damit wir seine ersten Eindrücke hören können.«

Martinsson gähnte und streckte sich auf seinem Stuhl. »Wem kann es Spaß gemacht haben, einen alten Fotografen zu erschlagen?« fragte er. »Ein Einbruch scheint es ja nicht gewesen zu sein.«

»Was heißt schon alt«, sagte Wallander.

»Sechsundfünfzig. Aber ansonsten bin ich deiner Meinung.«

»Er ist also im Laden überfallen worden. Wie ist der Täter hereingekommen?«

»Entweder mit Schlüsseln, oder Lamberg hat ihn hereingelassen.«

»Lamberg wurde von hinten erschlagen.«

»Was viele verschiedene Erklärungen haben kann. Und keine davon haben wir.«

Wallander verließ das Präsidium und ging zu seinem Zahnarzt, der seine Praxis am Stortorg hatte. Unmittelbar neben dem Radiogeschäft. Als Kind hatte Wallander vor den Zahnarztbesuchen Angst gehabt, zu denen er regelrecht mitgeschleppt werden mußte. Im Erwachsenenalter war seine Angst plötzlich verflogen. Jetzt wollte er nur so schnell wie möglich die Schmerzen loswerden. Er sagte sich auch, daß der kaputte Zahn ein erstes Anzeichen für sein zunehmendes Alter war. Der Verfall kam auf leisen Sohlen.

Wallander durfte sofort ins Behandlungszimmer und setzte sich auf den Stuhl. Der Zahnarzt war jung und arbeitete schnell und routiniert. Nach einer guten halben Stunde war er fertig. Der Schmerz war in ein dumpfes Pochen übergegangen.

»Das vergeht bald«, sagte der Zahnarzt. »Aber Sie sollten noch einmal wiederkommen, damit ich Ihren Zahnstein entfernen kann. Ich glaube nicht, daß Sie Ihre Zähne so gut putzen, wie Sie sollten.«

»Bestimmt nicht«, gab Wallander zu.

Er machte einen Termin in zwei Wochen aus und kehrte ins Präsidium zurück. Um zehn Uhr hatte er seine Mitarbeiter im Sitzungszimmer versammelt. Svedberg war zurückgekommen, Nyberg war auch da. Wallander setzte sich an seinen üblichen Platz am Kopfende des Tisches. Dann blickte er sich um. Wie oft hatte er schon so gesessen und sich gesammelt, um eine Mordermittlung in Gang zu bringen? Er hatte beobachtet, daß es mit den Jahren immer langsamer ging. Aber er wußte auch, daß ihm nichts anderes übrigblieb. Sie hatten einen brutalen Mord aufzuklären.

»Weiß jemand, wo Rydberg ist?« fragte er.

»Rückenschmerzen«, antwortete Martinsson.

»Schade«, sagte Wallander. »Wir könnten ihn brauchen.«

Er wandte sich an Nyberg und nickte ihm zu, anzufangen.

»Es ist natürlich noch zu früh«, begann dieser, »aber es hat nicht den Anschein, als hätten wir es mit einem Einbruch zu tun. An den Türen finden sich keine Spuren von Gewaltanwendung. Es scheint auch nichts gestohlen worden zu sein. Jedenfalls nichts, was auf den ersten Blick zu sehen wäre. Das Ganze ist wirklich eigenartig.«

Wallander hatte nicht erwartet, daß Nyberg so früh schon entscheidende Beobachtungen mitteilen könnte. Aber er wollte ihn trotzdem dabeihaben.

Er wandte sich an Svedberg. »Frau Lamberg hat einen schweren Schock erlitten. Offenbar hatten sie getrennte Schlafzimmer. Sie merkte also nicht, ob und wann ihr Mann nach Hause kam, wenn er abends noch unterwegs war. Sie hatten gegen halb sieben zusammen zu Abend gegessen. Kurz vor acht war er zum Atelier hinuntergegangen. Sie selbst war um kurz nach elf ins Bett gegangen und sofort eingeschlafen. Sie kann sich nicht vorstellen, wer ihren Mann ermordet haben könnte. Daß er irgendwelche Feinde hatte, wies sie weit von sich.«

Wallander nickte.

»Dann wissen wir das«, sagte er. »Wir haben einen toten Fotografen, aber das ist auch alles.«

Alle wußten, was das bedeutete. Jetzt würden mühselige Nachforschungen in Gang gesetzt werden.

Wohin sie führen würden, ahnte niemand.

Das Treffen der Ermittlungsgrupppe an diesem Morgen, das erste auf der Jagd nach dem Täter oder den Tätern, die aus bisher ungeklärten Gründen den Fotografen Simon Lamberg erschlagen hatten, war nur kurz. Es gab eine Unzahl routinemäßiger Verfahrensweisen, denen sie jedesmal folgen mußten. Sie mußten auch auf die Ergebnisse der gerichtsmedizinischen Untersuchung in Lund warten und auf die der Spurensicherung am Tatort, mit der Nyberg und seine Männer noch beschäftigt waren. Sie selbst mußten sich zunächst ein Bild von Simon Lamberg und dem Leben, das er geführt hatte, machen. Sie würden Nachbarn vernehmen und nach Zeugen suchen, die eventuell irgendwelche Beobachtungen gemacht hatten. Sie hofften natürlich, daß schon zu diesem frühen Zeitpunkt Hinweise eingehen würden, die dazu führten, daß der Mord im Laufe weniger Tage aufgeklärt werden konnte. Aber Wallander hatte schon jetzt instinktiv das Gefühl, daß sie vor einer komplizierten Ermittlung standen. Sie hatten so gut wie nichts, von dem sie ausgehen konnten.

Als er dort im Sitzungszimmer saß, spürte er, wie er unruhig wurde. Seine Zahnschmerzen waren abgeklungen. Dagegen lag ihm jetzt diese Unruhe im Magen.

Björk kam herein und setzte sich, um Wallanders Versuch, eine vorläufige Darstellung des Geschehens und des zeitlichen Ablaufs zu geben, zuzuhören. Keiner hatte nachher irgendwelche Fragen. Sie verteilten die wichtigsten Aufgaben und trennten sich. Wallander wollte später am Tag mit Lambergs Witwe sprechen, aber zuerst wollte er eine gründlichere Besichtigung des Tatorts vornehmen. Nyberg meinte, daß er Wallander in einigen Stunden in das Atelier und das Hinterzimmer lassen könnte.

Björk und Wallander blieben im Sitzungszimmer zurück, nachdem die anderen gegangen waren.

»Du glaubst also nicht, daß es ein Einbrecher war, der auf frischer Tat ertappt wurde und die Kontrolle verloren hat?« fragte Björk.

»Nein«, antwortete Wallander, »aber ich kann mich natürlich irren. Wir müssen alle Möglichkeiten in Betracht ziehen. Aber ich frage mich, was ein Einbrecher in Lambergs Fotoatelier zu finden gehofft hätte.«

»Kameras?«

»Er hat keine Fotoausrüstungen verkauft. Er hat nur fotografiert. Das einzige, was er verkauft hat, waren Rahmen und Alben. Und ich glaube kaum, daß sich ein Einbrecher deswegen die Mühe macht.«

»Was bleibt dann? Irgendein privates Motiv?«

»Ich weiß es nicht. Die Witwe, Elisabeth

Lamberg, war Svedberg zufolge ziemlich sicher, daß er keine Feinde hatte.«

»Aber es deutet doch ebenfalls nichts auf einen Geistesgestörten hin.«

Wallander schüttelte den Kopf.

»Es deutet auf alles und nichts hin«, sagte er. »Aber drei Überlegungen kann man jetzt schon anstellen. Erstens, wie kam der Täter ins Atelier? Die Tür und die Fenster weisen keine Spuren von Gewaltanwendung auf. Dabei hat Lamberg die Tür sicherlich nicht unverschlossen gelassen. Elisabeth Lamberg zufolge war er immer sehr darauf bedacht, hinter sich abzuschließen.«

»Das läßt uns also zwei Möglichkeiten. Entweder der Täter hatte einen Schlüssel, oder Simon Lamberg hat ihn hereingelassen.«

Wallander nickte. Björk hatte verstanden. Er fuhr fort.

»Die zweite Beobachtung ist, daß der Schlag, der Lamberg tötete, mit großer Kraft gegen seinen Hinterkopf geführt wurde. Das kann auf Zielgerichtetheit hindeuten. Oder Raserei. Oder enorme Körperkraft. Oder beides in Kombination. Simon Lamberg hat im Augenblick seines Todes dem Mörder den Rücken zugekehrt. Das kann einerseits bedeuten, daß er nichts Böses erwartet hat. Oder anderseits, daß er versucht hat zu fliehen.«

»Wenn er selbst seinen Mörder hereingelassen hat, würde das auch erklären, warum er ihm den Rücken zugewandt hat.«

»Man kann sogar noch einen Schritt weitergehen«, sagte Wallander. »Würde er überhaupt jemanden so spät am Abend hereinlassen, zu dem er kein gutes Verhältnis hatte?«

»Und weiter?«

»Der Putzfrau zufolge pflegte Lamberg an zwei Abenden in der Woche ins Atelier zu gehen. Nicht immer an denselben Tagen, aber man kann davon ausgehen, daß der Täter darüber Bescheid wußte. Wir müßten also nach jemandem suchen, der zumindest teilweise mit Lambergs Gewohnheiten vertraut war.«

Sie verließen das Sitzungszimmer und blieben im Korridor stehen.

»Das bedeutet zumindest, daß es mehrere denkbare Ausgangspunkte gibt«, sagte Björk. »Ihr steht nicht mit völlig leeren Händen da.«

Wallander verzog das Gesicht. »Aber fast«, meinte er. »Noch weniger ist auch kaum vorstellbar. Rydberg fehlt uns jetzt.«

»Ich mache mir Sorgen wegen seiner Rükkenprobleme«, sagte Björk. »Manchmal habe ich das Gefühl, daß es noch etwas anderes ist.«

Wallander betrachtete ihn verwundert. »Was sollte das sein?«

»Vielleicht hat er eine andere Krankheit.

Rückenschmerzen können auch von etwas anderem ausgehen als von Muskeln oder Wirbeln.«

Wallander wußte, daß Björk einen Schwager hatte, der Arzt war. Und weil Björk hin und wieder der Meinung war, unter diversen schweren Krankheiten zu leiden, ging Wallander davon aus, daß er seine eigenen Sorgen jetzt auf Rydberg übertrug.

»Rydberg ist nach einer Woche immer wieder in Ordnung«, sagte er.

Sie gingen auseinander. Wallander kehrte in sein Zimmer zurück. Die Nachricht von dem Mord hatte sich mittlerweile herumgesprochen, und Ebba teilte ihnen mit, daß mehrere Journalisten angerufen hatten und wissen wollten, ob es irgendwelche Informationen gebe. Ohne sich mit jemandem zu beratschlagen, gab Wallander ihr Bescheid, daß er um drei Uhr bereit sei, Fragen zu beantworten.

Danach verwandte er eine Stunde darauf, für sich selbst eine Zusammenfassung zu schreiben. Er war gerade fertig damit, als Nyberg sich am Telefon meldete und ihm mitteilte, er könne jetzt zumindest das Hinterzimmer durchsuchen. Nyberg hatte immer noch keine aufsehenerregenden Erkenntnisse gewonnen. Auch der Gerichtsmediziner hatte nichts anderes feststellen können, als daß Lamberg durch einen kräftigen Schlag auf den Hinterkopf getötet worden war. Wallander fragte, ob er jetzt schon sagen könne, welcher Typ von Mordwaffe verwendet worden war. Aber für eine Antwort darauf war es noch zu früh.

Wallander beendete das Gespräch und blieb sitzen und dachte an Rydberg. Seinen Lehrer und Mentor. Den besten Kriminalbeamten, den er je getroffen hatte. Er hatte Wallander gelehrt, wie wichtig es war, die Argumente zu drehen und zu wenden und sich auf diese Weise einem Problem aus unterschiedlichen Richtungen zu nähern.

Gerade jetzt fehlt er mir, dachte Wallander. Vielleicht sollte ich ihn heute abend anrufen. Er ging in den Eßraum und trank noch eine Tasse Kaffee. Vorsichtig kaute er an einem Zwieback. Die Zahnschmerzen kamen nicht wieder.

Weil er sich nach dem unruhigen Schlaf der vergangenen Nacht noch erschöpft fühlte, machte er einen Spaziergang hinunter zum Sankta Gertruds Torg. Der Nieselregen hielt an. Wieder fragte er sich, wann endlich der Frühling käme. Alle Schweden sind im April voller Ungeduld, dachte er. Nie setzt der Frühling pünktlich ein. Immer kommt der Winter zu früh und der Frühling zu spät.

Die Menschenmenge vor Lambergs Atelier

war größer geworden. Wallander kannte einige der Leute, zumindest hatte er ihre Gesichter schon einmal gesehen. Er nickte und grüßte. Aber er beantwortete keine Fragen. Er stieg über das Absperrband und betrat den Laden. Nyberg stand mit einem Thermoskannenbecher in der Hand da und schimpfte mit einem seiner Techniker. Er unterbrach sich nicht, als Wallander eintrat. Erst, als er zu Ende gemeckert und alles gesagt hatte, was er wollte, wandte er sich Wallander zu. Er zeigte ins Innere des Ateliers. Die Leiche war inzwischen fortgebracht worden. Es war nur noch der große Blutfleck auf dem weißen Hintergrundpapier zu sehen. Man hatte einen künstlichen Pfad aus Plastikfolie ausgelegt.

»Geh darauf«, sagte Nyberg. »Wir haben ziemlich viele Fußabdrücke gefunden.«

Wallander zog einen Plastikschutz über seine Schuhe, steckte ein Paar Plastikhandschuhe in die Tasche und ging vorsichtig in das Hinterzimmer, das als Büro und als Dunkelkammer fungiert hatte.

Wallander erinnerte sich, daß er, als er vielleicht vierzehn oder fünfzehn Jahre alt war, den leidenschaftlichen Wunsch hatte, Fotograf zu werden. Aber er wollte kein Atelier unterhalten. Er wollte Pressefotograf werden. Bei allen großen Ereignissen würde er in der ersten

Reihe stehen und seine Bilder machen, während andere ihn fotografierten.

Als er das Hinterzimmer betrat, fragte er sich, wieso dieser Wunsch sich eigentlich verflüchtigt hatte. Plötzlich war er nicht mehr dagewesen. Heute besaß Wallander nur eine einfache Instamatik, die er selten benutzte. Ein paar Jahre später hatte er Opernsänger werden wollen. Doch auch daraus war nichts geworden.

Er zog die Jacke aus und blickte sich um. Aus dem Atelier hörte er, daß Nyberg wieder angefangen hatte zu meckern. Wallander bekam nur ungefähr mit, daß es sich um die nachlässige Messung eines Abstands zwischen zwei Fußabdrücken handelte. Er schaltete das Radio ein. Klassische Musik. Lamberg ging manchmal abends ins Atelier, hatte Hilda Waldén gesagt, um zu arbeiten und um Musik zu hören. Klassische Musik. Soweit stimmten ihre Angaben.

Wallander setzte sich an den Schreibtisch. Alle Dinge darauf lagen in vorbildlicher Ordnung. Er hob die grüne Schreibunterlage an. Nichts. Dann stand er auf, ging zu Nyberg hinaus und fragte ihn, ob sie ein Schlüsselbund gefunden hätten. Das war der Fall. Wallander zog die Plastikhandschuhe über und ging zurück. Er suchte den passenden Schlüssel, um die Schreibtischschubladen aufzuschließen. In der oberen lagen verschiedene Steuerformulare und die Korrespondenz mit dem Steuerberater des Ateliers. Wallander blätterte die Papiere vorsichtig durch. Er suchte nach nichts Bestimmtem, es konnte alles wichtig sein.

Methodisch ging er Schublade um Schublade durch. Nichts von dem, was er fand, ließ ihn aufmerken. Simon Lambergs Leben schien ein gut organisiertes Leben gewesen zu sein, ohne Geheimnisse, ohne Überraschungen. Aber noch kratzte er nur an der Oberfläche. Er beugte sich hinunter und zog die unterste Schublade heraus. Darin lag ein Fotoalbum. Der Einband war aus feinstem Leder. Wallander legte es vor sich auf den Tisch und schlug die erste Seite auf. Mit gerunzelter Stirn betrachtete er eine einzelne Fotografie, die mitten auf der Seite eingeklebt war. Sie war nicht größer als ein Paßbild. In einer der Schubladen, die er vorher durchgesehen hatte, war Wallander ein Vergrößerungsglas aufgefallen. Er holte es hervor, machte eine der beiden Schreibtischlampen an und studierte das Bild genauer.

Es stellte den Präsidenten der USA dar. Ronald Reagan. Doch das Bild war deformiert. Das Gesicht war verzerrt worden. Es war Ronald Reagan, aber auch wieder nicht. Der faltige alte Mann war zu einem widerwärtigen

Monster geworden. Unmittelbar neben dem Bild stand mit Tinte ein Datum geschrieben: Zehnter August 1984.

Neugierig geworden, blätterte Wallander um. Wieder ein einzelnes Bild in der Mitte der Seite. Diesmal war es das Bild eines früheren Ministerpräsidenten Schwedens. Wieder ein entstelltes, deformiertes Gesicht. Ein Datum mit Tinte geschrieben.

Ohne jedes Bild im Detail zu studieren, blätterte Wallander langsam weiter. Überall nur eine einzige Fotografie pro Seite. Entstellt, deformiert. Männer, denn es waren ausschließlich Männer, die zu ekelerregenden Monstern mutiert waren. Schweden und Ausländer. Vorwiegend Politiker. Aber auch ein paar Geschäftsleute. Ein Schriftsteller. Und außerdem einige, die Wallander nicht kannte.

Er versuchte zu begreifen, was die Bilder erzählten. Warum besaß Simon Lamberg dieses sonderbare Fotoalbum? Warum hatte er die Fotos entstellt? Hatte er die Abende in der Einsamkeit des Ateliers verbracht, um an diesem Album zu arbeiten? Wallanders Aufmerksamkeit hatte sich geschärft. Hinter Simon Lambergs wohlorganisierter Fassade gab es offenbar noch etwas anderes.

Einen Menschen, der sich die Mühe machte, die Gesichter bekannter Männer zu zerstören.

Wallander blätterte erneut um. Zuckte zusammen. Ein heftiges Unbehagen breitete sich in ihm aus.

Er konnte nicht glauben, was er sah.

Im selben Augenblick kam Svedberg herein.

»Sieh dir das mal an«, sagte Wallander langsam. Dann zeigte er auf das Foto.

Svedberg beugte sich über seine Schulter. »Das bist ja du«, sagte er erstaunt.

»Ja. Das bin ich. Oder zumindest war ich es mal.«

Er blickte wieder auf das Bild. Es handelte sich um ein Foto aus irgendeiner Zeitung. Es zeigte ihn, und auch wieder nicht.

Er sah aus wie ein ungewöhnlich widerwärtiger Mensch.

Wallander konnte sich nicht erinnern, wann er zuletzt so unangenehm berührt gewesen war. Das verzerrte und entstellte Bild seines Gesichts bereitete ihm Übelkeit. Er war einigermaßen daran gewöhnt, daß Verbrecher, an deren Ergreifung er beteiligt war, ihn in spontanen Ausbrüchen ihren Haß und ihre Wut spüren ließen. Aber der Gedanke, daß jemand Stunden darauf verwendet hatte, ein Haßbild von ihm herzustellen, war erschreckend. Svedberg bemerkte Wallanders Reaktion und holte Nyberg. Gemeinsam gingen sie das Fotoalbum durch.

Das letzte Bild war vom Tag zuvor. Diesmal war das Gesicht des amtierenden schwedischen Ministerpräsidenten zerstört worden. Daneben stand mit Tinte das Datum.

»Wer so etwas macht, muß doch krank sein«, sagte Nyberg.

»Zweifellos hat Simon Lamberg seine einsamen Abende diesen Fotos hier gewidmet«, sagte Wallander. »Aber ich würde gern wissen, warum ich Teil dieser makabren Versammlung bin. Außerdem die einzige Person aus Ystad. Unter Staatsmännern und Präsidenten. Ich kann nicht verhehlen, daß ich sehr unangenehm berührt bin.«

»Was soll das Ganze überhaupt?« fragte Svedberg.

Niemand wußte eine sinnvolle Antwort.

Wallander hatte das Bedürfnis, den Laden zu verlassen. Er bat Svedberg, mit der Durchsicht des Raumes fortzufahren. Er selbst würde bald der Presse die Informationen geben müssen, auf die sie wartete.

Als er auf die Straße hinauskam, ließ seine Übelkeit nach. Er stieg über das Absperrband und ging auf direktem Wege zum Polizeipräsidium. Immer noch nieselte es. Seine Übelkeit war vergangen, aber er fühlte sich noch genauso unangenehm berührt.

Simon Lamberg sitzt abends in seinem Atelier und hört klassische Musik. Dabei entstellt er Bilder diverser prominenter Persönlichkeiten. Sowie das eines Kriminalbeamten aus Ystad. Wallander versuchte fieberhaft, eine Erklärung dafür zu finden, aber vergeblich. Daß ein Mann ein Doppelleben führte und sich unter einer vollkommen normalen Oberfläche Wahnsinn verbarg, war nichts Ungewöhnliches. Aus den Annalen des Verbrechens konnten gerade dafür zahlreiche Beispiele angeführt werden. Aber warum war er selbst mit in dem Album? Was verband ihn mit den anderen dort abgebildeten Menschen? Warum war gerade er die Ausnahme?

Er ging auf direktem Weg in sein Zimmer und schloß die Tür. Erst jetzt wurde ihm bewußt, wie besorgt er war. Simon Lamberg war tot. Jemand hatte ihm mit außerordentlicher Kraft den Hinterkopf zerschmettert. Und in seinem Schreibtisch gab es ein exklusives Fotoalbum mit makabrem Inhalt.

Wallander wurde durch ein Klopfen an der Tür aus seinen Gedanken gerissen.

Es war Hansson. »Lamberg ist tot«, sagte er, als verkünde er eine Neuigkeit. »Er hat mich fotografiert, als ich vor vielen Jahren konfirmiert wurde.«

»Du bist konfirmiert?« fragte Wallander erstaunt. »Ich dachte, daß ausgerechnet du dir aus irgendwelchen höheren Mächten nun wirklich nichts machst.«

»Das tue ich auch nicht«, antwortete Hansson locker, während er gründlich in einem seiner Ohren pulte. »Aber ich wollte damals schrecklich gern eine eigene Uhr haben und meinen ersten richtigen Anzug.«

Er deutete über die Schulter auf den Korridor hinaus. »Journalisten«, sagte er. »Ich wollte dabeisein und zuhören, damit ich weiß, was passiert ist.«

»Das kann ich dir schon jetzt erzählen«, meinte Wallander. »Jemand hat Lamberg den Hinterkopf zerschmettert. Und zwar gestern abend zwischen acht Uhr und Mitternacht. Es dürfte kaum ein Einbrecher gewesen sein. Das ist im großen und ganzen alles, was wir wissen.«

»Nicht viel«, sagte Hansson.

»Nein«, erwiderte Wallander und erhob sich.

Die Begegnung mit den Journalisten war improvisiert und kurz. Wallander berichtete, was passiert war, und gab karge Antworten auf die Fragen der Journalisten. Das Ganze war in weniger als einer halben Stunde vorbei. Es war halb vier geworden. Wallander merkte, daß er hungrig war. Aber das Bild in Simon Lambergs Album ließ ihm keine Ruhe. Die Frage nagte an ihm: Warum war gerade er ausgewählt worden, das Gesicht entstellt und verzerrt zu bekommen? Irgendwie ahnte er, daß dies nur das Werk eines Wahnsinnigen sein konnte. Aber trotzdem: Warum gerade er?

Um Viertel vor vier beschloß er, in den Lavendelväg zu fahren, wo Lambergs wohnten. Als er das Präsidium verließ, hatte zwar der Regen aufgehört, der böige Wind jedoch war stärker geworden. Wallander überlegte, ob er versuchen sollte, Svedberg zu erreichen und mitzunehmen. Aber er ließ den Gedanken fallen. Am liebsten wollte er Elisabeth Lamberg allein begegnen. Er hatte vieles, worüber er mit ihr sprechen wollte. Aber eine seiner Fragen war wichtiger als alle übrigen.

Er suchte den Weg hinauf zum Lavendelväg und stieg aus dem Wagen. Das Haus lag in einem Garten, der gut gepflegt wirkte, obwohl die Beete noch nackt waren. Er klingelte an der Tür. Sie wurde fast sofort von einer Frau um die Fünfzig geöffnet. Wallander streckte ihr die Hand entgegen und begrüßte sie.

Die Frau wirkte scheu. »Ich bin nicht Elisabeth Lamberg«, sagte sie. »Ich bin ihre Freundin. Ich heiße Karin Fahlman.«

Sie bat ihn in den Flur.

»Elisabeth hat sich hingelegt, um sich auszuruhen«, sagte sie. »Kann dieses Gespräch wirklich nicht warten?«

»Leider nicht. Es geht darum, denjenigen zu ergreifen, der das Verbrechen begangen hat. Und da ist es wichtig, keine Zeit zu verlieren.«

Karin Fahlman nickte und führte ihn ins Wohnzimmer. Dann verschwand sie lautlos.

Wallander blickte sich im Zimmer um. Das erste, was ihm auffiel, war die Stille. Keine Uhren, keine Geräusche von der Straße. Durch ein Fenster sah er ein paar spielende Kinder, aber er hörte sie nicht, obwohl man sehen konnte, daß sie laut redeten und lachten. Er trat ans Fenster und betrachtete es. Es war doppelt verglast, und zwar von einer Art, die offensichtlich extrem geräuschisolierend war. Er ging im Zimmer auf und ab. Es war geschmackvoll möbliert, weder protzig noch übertrieben. Eine Mischung aus Alt und Neu. Kopien alter Holzschnitte, eine ganze Wand voller Bücher.

Er hörte nicht, als sie ins Zimmer trat. Plötzlich war sie einfach da, direkt hinter ihm. Unwillkürlich fuhr er zusammen. Sie war sehr bleich, fast als sei ihr Gesicht mit einer dünnen Schicht weißer Schminke überzogen. Sie hatte dunkles, glattes, kurzgeschnittenes Haar.

Wallander dachte, daß sie einmal sehr schön gewesen sein mußte. »Es tut mir leid, daß ich herkommen und Sie stören muß«, entschuldigte er sich und reichte ihr die Hand.

»Ich weiß, wer Sie sind«, erwiderte sie, »und ich verstehe schon, daß sie herkommen müssen.«

»Zunächst möchte ich Ihnen mein Beileid aussprechen.«

»Danke.«

Wallander registrierte, daß sie sich sehr anstrengen mußte, um gefaßt zu wirken. Er fragte sich, wie lange sie das wohl durchhalten würde.

Sie setzten sich.

Wallander bemerkte Karin Fahlman in einem der angrenzenden Zimmer. Er nahm an, daß sie dort saß, um ihr Gespräch zu verfolgen. Einen Moment lang wußte er nicht, wie er fortfahren sollte.

Seine Überlegungen wurden von Elisabeth Lamberg unterbrochen. »Wissen Sie etwas darüber, wer meinen Mann getötet hat?«

»Wir haben keine direkte Spur, die wir verfolgen können. Aber es spricht einiges dagegen, daß es ein Einbruch war. Das bedeutet, daß Ihr Mann entweder jemandem die Tür aufgemacht hat oder daß die unbekannte Person einen eigenen Schlüssel hatte.«

Sie schüttelte energisch den Kopf, als wolle sie dem, was Wallander gesagt hatte, heftig widersprechen.

»Simon war immer sehr vorsichtig. Er hätte nie einem Fremden geöffnet, und schon gar nicht am Abend.«

»Aber vielleicht jemandem, den er kannte?«

»Aber wer hätte das sein sollen?«

»Ich weiß es nicht. Jeder Mensch hat Freunde.«

»Simon ist einmal im Monat nach Lund gefahren. Dort gibt es eine Gesellschaft für Amateurastronomen. Er gehörte dem Vorstand an. Das war, soweit ich weiß, sein einziger Umgang.«

Wallander fiel plötzlich ein, daß sowohl er selbst als auch Svedberg eine sehr wichtige Frage übersehen hatten.

»Haben Sie Kinder?«

»Eine Tochter, Matilda.«

Etwas an ihrer Art zu antworten ließ Wallander sofort auf der Hut sein. Die kaum wahrnehmbare Veränderung des Tonfalls war ihm nicht entgangen. Als habe die Frage sie beunruhigt.

Er ging vorsichtig weiter. »Wie alt ist sie?«

»Vierundzwanzig.«

»Wohnt Sie noch bei Ihnen zu Hause?«

Elisabeth Lamberg blickte ihm starr in die Augen. »Matilda ist von Geburt an schwerbehindert. Wir haben sie vier Jahre lang zu Hause gehabt. Dann war es nicht mehr möglich. Jetzt lebt sie in einem Heim. Sie braucht praktisch bei allem Hilfe.«

Wallander verlor den Faden. Was er erwartet hatte, wußte er nicht. Aber jedenfalls nicht die Antwort, die er erhalten hatte.

»Es muß eine schwere Entscheidung für Sie gewesen sein«, sagte er und bemühte sich, verständnisvoll zu klingen. Ein unmöglicher Entschluß, sie in ein Heim zu stecken, dachte er.

Sie schaute ihm weiter direkt in die Augen. »Es war nicht mein Entschluß. Simon wollte es so. Also wurde es so gemacht.«

Für einen Augenblick kam es Wallander vor, als blicke er direkt in einen Abgrund hinein. Ihr Schmerz war überwältigend, als sie ihm erzählte, was passiert war.

Wallander schwieg lange, bevor er fortfuhr. »Können Sie sich jemanden denken, der einen Grund hatte, Ihren Mann zu töten?«

Ihre Antwort überraschte ihn von neuem.

»Nach dem, was damals geschehen ist, habe ich ihn nicht mehr gekannt.«

»Obwohl es zwanzig Jahre her ist?«

»Manche Dinge vergehen nie.«

»Aber Sie blieben weiterhin verheiratet?«

»Wir wohnten unter dem gleichen Dach.«

Wallander dachte nach. »Sie können sich also nicht vorstellen, wer der Mörder ist?«

»Nein.«

»Und ein Motiv fällt Ihnen auch nicht ein?«
»Nein.«
Wallander ging nun direkt zur wichtigsten Frage über. »Als ich hierherkam, sagten Sie, daß Sie mich kennen. Können Sie sich erinnern, ob Ihr Mann jemals von mir gesprochen hat?«
Sie hob verwundert die Augenbrauen. »Warum sollte er?«
»Das weiß ich nicht. Bitte beantworten Sie meine Frage.«
»Wir haben nicht viel miteinander gesprochen. Und ich kann mich nicht daran erinnern, daß wir jemals über Sie gesprochen hätten.«
Wallander ging weiter. »In seinem Atelier haben wir ein Album gefunden. Darin befinden sich Fotografien von Staatsmännern und anderen bekannten Persönlichkeiten. Aus irgendeinem Grund ist auch mein Bild dabei. Kennen Sie das Album?«
»Nein.«
»Sind Sie sich sicher?«
»Ja.«
»Die Bilder sind entstellt worden. Alle diese Menschen, ich selbst inbegriffen, sehen aus wie Monster. Ihr Mann muß viele Stunden damit verbracht haben, unsere Gesichter so zu verunstalten. Davon wissen Sie nichts?«
»Nein, das hört sich eigenartig an. Unbegreiflich.«

Wallander sah, daß sie die Wahrheit sagte. Sie wußte wirklich nichts mehr über ihren Mann, nachdem sie vor zwanzig Jahren beschlossen hatte, nichts mehr von ihm wissen zu wollen.

Wallander erhob sich. Er wußte, daß er mit vielen neuen Fragen wiederkommen würde, aber im Moment hatte er nichts mehr zu sagen.

Sie begleitete ihn zur Haustür. »Mein Mann hatte wohl viele Geheimnisse«, sagte sie plötzlich. »Aber ich kannte sie nicht.«

»Wenn Sie sie nicht kannten, wer wußte dann davon?«

»Ich weiß es nicht«, sagte sie fast flehend, »aber jemand muß es getan haben.«

»Und was für Geheimnisse könnten das gewesen sein?«

»Ich habe Ihnen schon gesagt, daß ich es nicht weiß. Aber Simon war voller geheimer Räume. Ich konnte und wollte nicht hineinschauen.«

Wallander nickte.

Im Auto blieb er eine Zeitlang sitzen. Es hatte wieder angefangen zu regnen.

Was hatte sie eigentlich gemeint? Simon war ein Mann voller geheimer Räume? Als ob das Hinterzimmer des Ateliers nur einer davon gewesen war. Als ob es weitere gab, die sie noch nicht gefunden hatten. Er fuhr langsam zurück ins Polizeipräsidium. Die Unruhe, die er schon vorher empfunden hatte, war stärker geworden.

Bis in den Abend hinein beschäftigten sie sich damit, das wenige Material, das sie hatten, zu bearbeiten. Gegen neun Uhr ging Wallander nach Hause. Die Ermittlungsgruppe wollte sich am nächsten Morgen um acht Uhr treffen.

Als er in die Wohnung hinaufkam, machte er sich eine Dose Bohnen warm, das einzig Eßbare, was er finden konnte. Kurz nach elf war er eingeschlafen.

Der Anruf kam um vier Minuten vor Mitternacht. Wallander nahm noch halb im Schlaf den Hörer ab. Am anderen Ende war ein Mann, der behauptete, einen Nachtspaziergang zu machen. Er stellte sich als derjenige vor, der sich am Morgen um Hilda Waldén gekümmert hatte.

»Ich habe gerade jemanden in Lambergs Fotoladen verschwinden sehen«, flüsterte er.

Wallander setzte sich im Bett auf. »Sind Sie sicher? Und es war kein Polizist?«

»Ein Schatten ist durch die Tür geglitten«, berichtete der Mann. »Ich habe zwar ein schwaches Herz, aber meine Augen lassen noch nichts zu wünschen übrig.«

Das Gespräch wurde unterbrochen. Die Verbindung war gestört. Wallander blieb mit dem Hörer in der Hand sitzen. Es war ungewöhnlich, daß er so spät noch von jemand anderem als von Polizeikollegen angerufen wurde. Außerdem stand er nicht im Telefonbuch. Jemand mußte dem Mann in dem Chaos am Morgen seine Nummer gegeben haben.

Er stand hastig auf und zog sich an.

Es war kurz nach Mitternacht.

Wallander erreichte den Platz, an dem das Fotoatelier lag, einige Minuten später. Er war zu Fuß gegangen, halb gelaufen, weil es ein kurzer Weg von seiner Wohnung in der Mariagata war. Dennoch war er außer Atem. Als er ankam, entdeckte er sogleich einen Mann, der ein Stück weit entfernt stand. Er eilte zu ihm, grüßte und nahm ihn mit zu einer Stelle in der Nähe, von wo aus sie den Eingang des Fotoladens im Auge behalten konnten, aber selbst nicht so leicht zu entdecken waren. Der Mann war an die Siebzig und hatte sich als Lars Backman vorgestellt. Er war pensionierter Direktor der Handelsbank. Er benutzte immer noch den alten Namen. Svenska Handelsbanken.

»Ich wohne hier nebenan in der Ågata. Ich mache immer früh am Morgen und spät am

Abend meine Runde. Das hat mir der Arzt verordnet.«

»Beschreiben Sie, was Sie gesehen haben.«

»Ich habe einen Mann beobachtet, der durch die Tür des Fotoateliers verschwunden ist.«

»Einen Mann. Am Telefon sagten Sie, einen Schatten.«

»Man denkt sich wohl automatisch, daß es ein Mann ist. Aber es kann natürlich auch eine Frau gewesen sein.«

»Und Sie haben niemanden aus dem Laden herauskommen sehen?«

»Ich habe aufgepaßt. Es ist keiner herausgekommen.«

Wallander nickte. Er lief zur Telefonzelle und rief Nyberg an, der nach dem dritten Klingeln abnahm. Wallander hatte den Eindruck, daß er geschlafen hatte. Aber er fragte nicht weiter, sondern erklärte nur kurz, was passiert war. Er erfuhr, daß Nyberg die Schlüssel zum Laden bei sich zu Hause hatte. Früh am nächsten Tag wollte er in das Fotoatelier zurückkehren, um die Spurensicherung abzuschließen. Wallander bat ihn zu kommen, so schnell er konnte, und beendete das Gespräch. Überlegte, ob er schon jetzt Hansson oder einen der anderen anrufen sollte. Allzuoft verstieß er gegen die Regel, daß ein Polizist nie allein agieren soll, wenn er sich in einer Situation befindet, die er nicht vollständig kontrollieren kann. Aber Wallander unterließ es. Nyberg war schließlich auch Polizist. Erst wenn er vor Ort war, würden sie entscheiden, wie sie weiter vorgehen wollten. Lars Backman war abwartend stehengeblieben. Wallander bat ihn freundlich, den Platz zu verlassen. Es würde ein weiterer Polizist erscheinen, und dann mußten sie alleine sein. Backman schien nicht unzufrieden damit zu sein, fortgeschickt zu werden. Er nickte nur und ging davon.

Wallander merkte, daß er fror. Er trug nur ein Hemd unter der Jacke. Der Wind hatte zugenommen. Die Wolkendecke war aufgerissen. Es waren sicher nur ein paar Grad über Null. Er betrachtete den Eingang des Fotoladens. Konnte Backman sich geirrt haben? Er glaubte es nicht. Er versuchte zu erkennen, ob im Laden Licht brannte. Aber es war unmöglich auszumachen. Ein Auto fuhr vorüber. Kurz darauf noch eins. Dann entdeckte er Nyberg auf der anderen Seite des Platzes und ging ihm entgegen. Sie stellten sich an eine Hauswand, um sich gegen den Wind zu schützen. Die ganze Zeit über behielt Wallander die Tür des Fotoateliers im Auge. Er berichtete Nyberg in aller Kürze, was geschehen war.

Nyberg betrachtete ihn fragend. »Hast du gedacht, daß wir alleine da reingehen sollen?«

»Zuallererst wollte ich dich hier haben, weil du die Schlüssel hast.«

»Und einen Hintereingang gibt es nicht?«

»Nein.«

»Die einzige Möglichkeit, rein- oder rauszukommen, ist mit anderen Worten die Tür zur Straße?«

»Ja.«

»Dann rufen wir eine Nachtstreife«, entschied Nyberg. »Anschließend öffnen wir die Tür und beordern den großen Unbekannten hinaus.«

Ohne die Tür aus den Augen zu lassen, ging Wallander zur Telefonzelle und rief im Präsidium an. Eine Nachtstreife würde in wenigen Minuten eintreffen. Sie gingen hinüber zum Laden. Es war inzwischen fünf nach halb eins. Die Straßen waren menschenleer.

Da öffnete sich die Tür des Ateliers.

Ein Mann kam heraus.

Sein Gesicht war im Schatten verborgen.

Alle drei entdeckten einander gleichzeitig und blieben abrupt stehen. Wallander wollte dem Mann gerade zurufen, stehenzubleiben und sich nicht zu bewegen, als dieser sich umdrehte und die Norra Änggata hinunterlief. Wallander rief Nyberg zu, auf die Nachtstreife zu warten, und verfolgte selbst den Fliehenden, der ein hohes Tempo anschlug. Obwohl

Wallander lief, so schnell er konnte, kam er ihm nicht näher. Bei der Vassgata bog der Mann nach rechts ab und lief in Richtung Folkpark. Wallander fragte sich, wo die Nachtstreife blieb. Es bestand die Gefahr, daß er den Mann aus den Augen verlor. Dieser wandte sich nach rechts und verschwand in der Aulingata. Wallander rutschte auf ein paar losen Steinen aus, die auf dem Bürgersteig lagen, und stürzte. Er schlug mit einem Knie hart auf dem Pflaster auf und riß sich ein Loch in die Hose. Der Schmerz durchzuckte ihn, als er sich aufrappelte und weiterlief. Der Abstand zu dem Mann vergrößerte sich zunehmend. Wo blieben Nyberg und die Nachtstreife? Das Herz hämmerte in seiner Brust. Der Mann verschwand in der Giöddesgränd. Wallander verlor ihn aus den Augen. Als er die Straßenecke ereichte, schoß es ihm durch den Kopf, daß er nun stehenbleiben müsse, um auf Nyberg zu warten. Aber er blieb nicht stehen, sondern lief weiter.

Der Mann wartete hinter der Straßenecke. Ein wuchtiger Schlag traf Wallander ins Gesicht. Alles wurde dunkel.

Als Wallander wieder zu sich kam, wußte er nicht, wo er sich befand. Er starrte hinauf in den Sternenhimmel. Der Boden unter ihm war kalt. Als er mit den Händen an den Seiten tastete, spürte er Asphalt. Dann erinnerte er sich an das, was geschehen war. Er setzte sich auf. Seine linke Gesichtshälfte schmerzte. Mit der Zunge konnte er fühlen, daß ihm ein Zahn ausgeschlagen worden war. Ausgerechnet der Zahn, der gerade erst behandelt worden war. Er stand mühsam auf. Ein Knie tat weh. Der Kopf dröhnte. Dann sah er sich um. Der Mann war natürlich verschwunden. Wallander humpelte durch die Aulingata zurück zum Surbrunnsväg. Alles war so schnell gegangen, daß er das Gesicht des Mannes nicht hatte erkennen können. Er war um die Straßenecke gebogen, und die Welt war explodiert.

Der Streifenwagen kam aus der Ågata. Wallander ging mitten auf der Straße, damit sie ihn sahen. Er kannte den Polizisten am Steuer. Er hieß Peters und war genauso lange in Ystad wie er. Nyberg sprang aus dem Wagen.

»Was ist passiert?«

»Er ist in die Giöddesgränd verschwunden. Dann hat er mich niedergeschlagen. Wir holen ihn bestimmt nicht mehr ein, aber wir können es ja versuchen.«

»Du mußt ins Krankenhaus«, sagte Nyberg. »Und zwar sofort.«

Wallander befühlte seine Backe. Die Hand

wurde naß von Blut. Plötzlich wurde ihm schwindelig. Nyberg packte seinen Arm und half ihm in den Wagen.

Um vier Uhr am Morgen konnte Wallander das Krankenhaus wieder verlassen. Svedberg und Hansson holten ihn ab. Mehrere Nachtstreifen hatten die Stadt auf der Jagd nach dem Mann, der Wallander niedergeschlagen hatte, durchkämmt. Aber weil es nur eine vage Personenbeschreibung gab, dazu die Beschreibung einer halblangen Jacke, vielleicht schwarz oder dunkelblau, war die Mühe vergeblich. Wallander selbst war verbunden worden. Der ausgeschlagene Zahn mußte vorerst warten. Wallanders Backe war geschwollen. Das Blut stammte aus einer Wunde am Haaransatz.

Als sie das Krankenhaus verließen, bestand Wallander darauf, den Besuch im Atelier nicht weiter aufzuschieben. Sowohl Hansson als auch Svedberg protestierten und meinten, er müsse sich erst einmal erholen. Aber Wallander akzeptierte keine Einwände. Nyberg erwartete sie schon, als sie eintrafen. Sie schalteten alle Lampen an und versammelten sich im Atelier.

»Ich habe nicht entdecken können, daß etwas fehlt oder verändert ist«, sagte Nyberg.

Wallander wußte, daß Nyberg ein einzigartiges Erinnerungsvermögen für Details hatte. Aber er sagte sich gleichzeitig, daß der Mann auf etwas aus gewesen sein konnte, was einem überhaupt nicht ins Auge fiel.

»Was ist mit Fingerabdrücken?« fragte Wallander. »Fußabdrücken?«

Nyberg wies auf den Boden, auf dem er einige Stellen markiert hatte, die nicht betreten werden durften. »Ich habe die Türklinken kontrolliert, aber ich vermute, daß der Mann Handschuhe getragen hat.«

»Und die äußere Tür?«

»Nichts. Keine Gewaltanwendung. Wir können mit Sicherheit davon ausgehen, daß er über einen Schlüssel verfügt. Ich habe selbst gestern abend hier abgeschlossen.«

Wallander sah seine Kollegen an.

»Hätte hier nicht eigentlich irgendeine Form von Bewachung sein müssen?«

»Die Entscheidung darüber lag bei mir«, antwortete Hansson. »Ich war der Meinung, daß es dafür keinen einleuchtenden Grund gab. Vor allem, wenn man unsere gegenwärtige Personalsituation berücksichtigt.«

Wallander sah ein, daß Hansson recht hatte. Er hätte auch keine Bewachung angeordnet, wenn er den Beschluß hätte fassen müssen. »Wir können nur spekulieren, wer der Mann war«, sagte er, »und was er hier drinnen wollte.

Auch wenn es keine sichtbare Polizeibewachung gab, muß er sich darüber im klaren gewesen sein, daß wir das Atelier möglicherweise unter Aufsicht hielten. Ich möchte, daß jemand mit Lars Backman spricht. Der nicht nur mich um Mitternacht angerufen, sondern sich gestern früh auch um Hilda Waldén gekümmert hat. Er macht auf mich einen sehr besonnenen Eindruck. Er kann etwas gesehen haben, an das er sich nicht gleich erinnert hat.«

»Es ist erst vier Uhr«, gab Svedberg zu bedenken. »Soll ich ihn jetzt anrufen?«

»Er ist bestimmt wach«, sagte Wallander. »Gestern morgen war er schon um fünf Uhr auf der Straße. Er ist nicht nur ein Frühaufsteher, sondern auch eine Nachteule.«

Svedberg nickte und verließ das Atelier.

»Wir müssen das hier später gründlich durchgehen«, fuhr Wallander fort. »Am besten schlaft ihr jetzt ein paar Stunden. Ich bleibe noch eine Weile hier.«

»Ist das denn klug?« fragte Hansson. »Wenn man bedenkt, was du hinter dir hast?«

»Ob klug oder nicht, ich tu es trotzdem.«

Nyberg gab ihm die Schlüssel. Als Hansson und Nyberg gegangen waren, verschloß Wallander die Tür. Obwohl er sehr müde war und seine Backe schmerzte, war seine Aufmerksamkeit geschärft. Er lauschte in die Stille hinein. Nichts schien verändert zu sein. Er ging ins Hinterzimmer und sah sich mit forschenden Augen um. Nichts Auffälliges, dachte er. Aber der Mann ist aus einem speziellen Grund hierhergekommen. Und er hatte es eilig. Er konnte nicht warten. Dafür muß es eine Erklärung geben. Es befindet oder befand sich etwas in diesen Räumen, das er holen wollte.

Wallander setzte sich an den Schreibtisch. Die Schlösser waren unversehrt. Er öffnete die Schubladen, eine nach der anderen. Das Album lag genauso da, wie er es hinterlassen hatte. Nichts schien zu fehlen. Wallander versuchte auszurechnen, wie lange sich der Mann im Laden aufgehalten hatte. Das Telefongespräch von Backman war um vier Minuten vor Mitternacht gekommen. Um zehn nach zwölf war Wallander eingetroffen. Sein Gespräch mit Backman und das Telefongespräch mit Nyberg hatten nicht mehr als ein paar Minuten gedauert. Vielleicht bis Viertel nach zwölf. Nyberg war um halb eins gekommen. Ein paar Minuten später hatte der Unbekannte den Laden verlassen. Demnach hatte er sich etwa vierzig Minuten darin aufgehalten. Als er ihn verließ, wurde er überrascht. Das bedeutete, daß er nicht geflohen war. Er hatte den Laden verlassen, weil er fertig war.

Fertig womit?

Wallander blickte sich im Raum um. Diesmal systematischer. Irgendwo mußte es eine Veränderung geben. Etwas war fort. Oder zurückgebracht worden.

Er ging ins Atelier hinüber und wiederholte seine Untersuchung. Schließlich auch im eigentlichen Laden.

Nichts.

Er kehrte ins Hinterzimmer zurück. Etwas sagte ihm, daß er dort suchen mußte. In Simon Lambergs geheimem Zimmer. Er setzte sich. Ließ den Blick über die Wände wandern. Über den Schreibtisch und die Bücherregale. Dann stand er auf und ging in die Dunkelkammer. Machte die rote Lampe an. Alles war so wie in seiner Erinnerung. Der schwache Geruch von Chemikalien. Die leeren Plastikwannen. Der Vergrößerungsapparat.

Nachdenklich ging er zurück zum Schreibtisch. Blieb stehen. Woher der Impuls gekommen war, konnte er nicht sagen, aber er ging hinüber zur Bücherwand, wo das Radio stand, und schaltete es ein.

Die Musik war ohrenbetäubend.

Er starrte das Radio an. Die Lautstärke war dieselbe.

Aber es war keine klassische Musik. Sondern wilde Rockmusik.

Wallander war überzeugt davon, daß weder

Nyberg noch er selbst, noch einer der Kollegen von der Spurensuche den Sender verstellt hatten. Sie rührten nie etwas an, solange es nicht aus arbeitstechnischen Gründen sein mußte. Sie würden nicht einmal im Traum daran denken, das Radio anzumachen, um bei der Arbeit Musik zu haben.

Wallander zog ein Taschentuch aus der Tasche und schaltete das Radio aus. Es gab nur eine Möglichkeit.

Der Unbekannte hatte die Sendereinstellung geändert.

Die Frage war nur, warum?

Um zehn Uhr am Vormittag konnte die Besprechung der Ermittlungsgruppe endlich beginnen. Die Verspätung hing damit zusammen, daß Wallander nicht früher vom Zahnarzt zurückgekommen war. Jetzt eilte er mit einer provisorischen Krone, einer geschwollenen Backe und einem großen Pflaster an der Schläfe in die Besprechung. Er spürte allmählich ernsthaft seinen Mangel an Schlaf. Aber noch ernsthafter war die Unruhe, die in ihm nagte.

Es waren jetzt gut vierundzwanzig Stunden vergangen, seit Hilda Waldén den toten Fotografen entdeckt hatte. Wallander gab zu Beginn der Sitzung einen Überblick über die Ermittlungslage. Anschließend berichtete er ausführlich über die Ereignisse der vergangenen Nacht.

»Wer der Unbekannte war und was er im Laden gewollt hat, muß natürlich geklärt werden«, schloß er. »Aber ich glaube, wir können mit ziemlicher Sicherheit die Möglichkeit ausschließen, daß es sich bei dem Mord an Simon Lamberg um einen gewöhnlichen Einbruch gehandelt hat, bei dem der Dieb die Kontrolle verloren hat.«

»Die veränderte Sendereinstellung des Radios ist sonderbar«, meinte Svedberg. »Kann etwas im Inneren des Geräts versteckt gewesen sein?«

»Das haben wir untersucht«, antwortete Nyberg. »Um die äußere Hülle abzunehmen, muß man acht Schrauben lösen. Das ist nicht geschehen. Das Radio ist noch nie geöffnet worden. Die Schraubenköpfe sind noch immer dünn mit demselben Lack überzogen, der damals in der Fabrik verwendet wurde.«

»Es gibt vieles, was sonderbar ist«, sagte Wallander. »Nicht zu vergessen das Album mit den entstellten Bildern. Der Witwe zufolge war Simon Lamberg ein Mann, der viele Geheimnisse mit sich herumtrug. Ich glaube, daß wir jetzt versuchen müssen, uns ein Bild davon zu machen, wer er eigentlich gewesen ist. Ganz offenbar stimmt die Fassade nicht mit dem überein, was sich dahinter befindet. Der höfliche, schweigsame und pedantische Fotograf scheint im Grunde genommen ein ganz anderer gewesen zu sein.«

»Die Frage ist nur, wer mehr über ihn wissen könnte«, überlegte Martinsson. »Wenn er doch keine Freunde gehabt hat. Niemand scheint ihn gekannt zu haben.«

»Wir haben die Amateurastronomen in Lund«, sagte Wallander. »An die müssen wir uns wenden. Ebenso an frühere Angestellte. Man kann nicht ein ganzes Leben in einer Stadt wie Ystad verbringen, ohne daß jemand einen kennt. Außerdem hat Elisabeth Lamberg uns bestimmt noch das eine oder andere zu sagen.«

»Ich habe mit Backman gesprochen«, berichtete Svedberg. »Du hattest recht, er war wach. Als ich in seine Wohnung kam, war auch seine Frau schon auf und fix und fertig angezogen. Die beiden machten den Eindruck, als ob es mitten am Tag wäre und nicht erst vier Uhr früh. Leider konnte er keine Personenbeschreibung des Mannes geben, der dich niedergeschlagen hat. Außer daß er eine halblange, vermutlich dunkelblaue Jacke getragen hat.«

»Konnte er nicht einmal sagen, ob er groß oder klein war? Und was für eine Haarfarbe hatte er?«

»Es ist zu schnell gegangen. Backman wollte nur Dinge sagen, deren er sich auch sicher ist.«

»Eines wissen wir auf jeden Fall über denjenigen, der mich niedergeschlagen hat«, sagte Wallander. »Er kann entschieden schneller laufen als ich. Und seine Kondition ist bestens. Meiner Ansicht nach ist er von mittlerer Größe, ziemlich kräftig und ungefähr in meinem Alter. Aber diese Auskünfte müssen natürlich mit Vorsicht behandelt werden.«

Sie warteten immer noch auf den ersten vorläufigen Bericht aus der Gerichtsmedizin in Lund. Nyberg und das kriminaltechnische Laboratorium in Linköping würden Kontakt miteinander aufnehmen. Es gab eine große Anzahl von Fingerabdrücken, die kontrolliert und mit den Registern abgeglichen werden mußten.

Sie hatten alle Hände voll zu tun, und Wallander wollte die Besprechung so schnell wie möglich beenden. Um elf Uhr standen sie auf und gingen ihren jeweiligen Aufgaben nach. Wallander war eben in seinem Zimmer angelangt, als das Telefon klingelte.

Es war Ebba. »Du hast Besuch«, sagte sie. »Ein Mann namens Gunnar Larsson. Er will mit dir über Lamberg sprechen.«

Wallander hatte gerade beschlossen, einen weiteren Besuch bei Elisabeth Lamberg zu machen. »Kann das nicht jemand anders übernehmen?«

»Er möchte aber ausdrücklich mit dir sprechen.«

»Wer ist es denn?«

»Er hat früher einmal für Lamberg gearbeitet.«

Wallander änderte seine Meinung sofort. Das Gespräch mit der Witwe mußte warten.

Gunnar Larsson war ein Mann in den Dreißigern. Sie setzten sich in Wallanders Zimmer. Eine Tasse Kaffee lehnte er ab.

»Es ist gut, daß Sie selber die Initiative ergriffen haben und hergekommen sind«, begann Wallander. »Früher oder später wäre Ihr Name sowieso aufgetaucht, aber auf diese Weise sparen wir Zeit.«

Wallander hatte einen seiner Kollegblöcke aufgeschlagen.

»Ich habe sechs Jahre für Lamberg gearbeitet«, sagte Gunnar Larsson. »Vor ungefähr vier Jahren hat er mir gekündigt. Ich glaube nicht, daß er danach noch einen Angestellten hatte.«

»Warum wurde Ihnen gekündigt?«

»Er behauptete, er könne es sich nicht mehr leisten, einen Angestellten zu haben. Ich glaube auch, daß das zutraf. Eigentlich hatte ich sogar darauf gewartet. Lambergs Laden war nicht so groß, daß er nicht alles hätte allein schaffen können. Und weil er keine Kameras und kein Zubehör verkaufte, war das Einkommen nicht gerade hoch. In schlechten Zeiten gehen die Menschen nicht eben häufig zum Fotografen.«

»Aber Sie haben sechs Jahre dort gearbeitet. Das bedeutet, daß Sie ihn ziemlich gut kennengelernt haben müssen.«

»Ja und nein.«

»Dann fangen wir mit dem ersten an.«

»Er war immer höflich und freundlich. Zu allen. Zu mir und zu den Kunden. Er hatte zum Beispiel eine fast grenzenlose Geduld mit Kindern. Und er war sehr ordentlich.«

Wallander war plötzlich etwas eingefallen. »Würden Sie sagen, daß Simon Lamberg ein guter Fotograf war?«

»Die Bilder, die er machte, waren recht konventionell. Unter anderem deshalb, weil die Menschen solche Bilder haben wollen. Bilder, die allen anderen gleichen. Das hat er gut gemacht. Er hat nie gepfuscht. Er war nicht originell, weil er nicht das Bedürfnis hatte, es zu sein. Ich bezweifle, daß er irgendwelche künstlerischen Ambitionen mit seiner Arbeit verfolgte. Auf jeden Fall habe ich nie etwas davon bemerkt.«

Wallander nickte.

»Was Sie sagen, vermittelt mir die Vorstellung einer freundlichen, aber ziemlich farblosen Person. Ist das richtig?«

»Ja.«

»Und warum meinen Sie, ihn nicht gut kennengelernt zu haben?«

»Er war wohl der reservierteste Mensch, den ich je in meinem Leben getroffen habe.«

»Auf welche Weise?«

»Er redete nie über sich oder seine Gefühle. Ich kann mich nicht erinnern, daß er jemals ein eigenes Erlebnis geschildert hat. Anfangs habe ich noch versucht, normale Gespräche mit ihm zu führen.«

»Worüber denn?«

»Na ja, über das Wetter und den Wind. Aber damit habe ich bald aufgehört.«

»Hat er nie die Dinge kommentiert, die in der Welt passierten?«

»Ich glaube, er war sehr konservativ.«

»Warum glauben Sie das?«

Gunnar Larsson zuckte mit den Schultern. »Ich glaube es einfach. Aber ich bezweifle anderseits, daß er jemals Zeitungen gelesen hat.«

Da irrst du dich, dachte Wallander. Er hat Zeitungen gelesen. Und er wußte vermutlich eine ganze Menge über verschiedene internationale Politiker. Seine Ansichten dazu verwahrte er in einem Fotoalbum, von einer Art, wie es die Welt bisher noch nicht gesehen hat.

»Etwas anderes ist ebenfalls auffällig«, fuhr Gunnar Larsson fort. »Während der sechs Jahre, die ich für ihn gearbeitet habe, bin ich nie seiner Frau begegnet. Ich war auch nie bei ihnen zu Hause zu Besuch. Um überhaupt zu wissen, wo sie wohnten, bin ich eines Sonntags dort vorbeigegangen.«

»Sie haben also auch die Tochter nie getroffen?«

Gunnar Larsson blickte Wallander fragend an. »Hatten sie Kinder?«

»Das wußten Sie nicht?«

»Nein.«

»Sie haben eine Tochter. Matilda.«

Wallander beschloß, nicht zu erwähnen, daß sie schwerbehindert war. Ganz offensichtlich wußte Gunnar Larsson nicht, daß sie überhaupt existierte.

Wallander legte den Stift auf den Tisch. »Was dachten Sie, als Sie erfuhren, was geschehen war?«

»Es war vollkommen unbegreiflich.«

»Hätten Sie sich vorstellen können, daß ihm so etwas passiert?«

»Das kann ich immer noch nicht. Wer soll einen Grund gehabt haben, ihn zu ermorden?«

»Genau das versuchen wir herauszufinden.«

Wallander bemerkte plötzlich, daß Gunnar

Larsson sich unwohl fühlte. Es war, als könne er sich nicht entscheiden, was er sagen wollte.

»Sie denken an etwas?« fragte Wallander vorsichtig. »Habe ich recht?«

»Es gab eine Reihe von Gerüchten«, sagte Gunnar Larsson zögernd. »Gerüchte, daß Simon Lamberg spielte.«

»Wie, spielte?«

»Um Geld spielte. Jemand hatte ihn in Jägersro gesehen.«

»Nach Jägersro zu gehen ist doch nichts Besonderes.«

»Das nicht, aber außerdem wurde behauptet, daß er regelmäßig in illegalen Spielklubs verkehrte. In Malmö und in Kopenhagen.«

Wallander runzelte die Stirn. »Wo haben Sie das gehört?«

»Es kursieren viele Gerüchte in einer kleinen Stadt wie Ystad.«

Wallander wußte nur allzu gut, wie zutreffend diese Feststellung war.

»Es hieß, er habe große Schulden.«

»Und, hatte er?«

»Nicht in der Zeit, als ich dort gearbeitet habe. Das konnte ich anhand der Buchführung erkennen.«

»Er könnte hohe private Kredite aufgenommen haben. Oder Wucherern in die Hände gefallen sein.«

»Davon habe ich, falls es so war, nichts mitbekommen.«

Wallander überlegte. »Gerüchte entstehen nie ohne Grund«, sagte er.

»Das ist jetzt so lange her«, antwortete Gunnar Larsson. »Wo oder wann ich diese Gerüchte gehört habe, weiß ich nicht mehr.«

»Kannten Sie das Fotoalbum, das er im Schreibtisch verschlossen hatte?«

»Ich habe nie gesehen, was er in seinem Schreibtisch hatte.«

Wallander war sicher, daß der Mann ihm gegenüber die Wahrheit sagte. »Hatten Sie eigene Schlüssel, als Sie bei Lamberg gearbeitet haben?«

»Ja.«

»Und was haben Sie damit gemacht, als Sie aufgehört haben?«

»Ich habe die Schlüssel natürlich zurückgegeben.«

Wallander nickte. Weiter würde er nicht kommen. Simon Lamberg schien ihm in all seiner Farblosigkeit immer rätselhafter zu werden, je mehr Menschen er befragte. Er notierte sich Gunnar Larssons Telefonnummer und Adresse. Das Gespräch war vorüber, und Wallander begleitete ihn hinaus zur Anmeldung. Dann ging er in den Eßraum, holte sich eine Tasse Kaffee und kehrte in sein Zimmer zurück. Er nahm den Hörer vom Telefon und legte ihn daneben. Er konnte sich nicht erinnern, wann er zuletzt so ratlos gewesen war. In welche Richtung sollten sie sich eigentlich wenden, um nach einer Lösung zu suchen? Alles schien aus losen Enden zu bestehen. Obwohl er versuchte, es zu vermeiden, drängte sich ihm die Erinnerung an sein eigenes entstelltes und in ein Fotoalbum eingeklebtes Gesicht immer wieder auf.

Die losen Enden hingen nirgendwo zusammen.

Er schaute auf die Uhr. Bald zwölf. Er war hungrig. Der Wind draußen schien weiter zuzunehmen. Er legte den Hörer wieder auf die Gabel. Sofort klingelte es. Es war Nyberg, der ihm mitteilte, daß die technische Untersuchung abgeschlossen war und daß sie nichts Unerwartetes gefunden hatten.

Jetzt konnte Wallander auch die anderen Räume untersuchen.

Er setzte sich an den Schreibtisch und versuchte, eine Zusammenfassung zu schreiben. In Gedanken führte er ein Gespräch mit Rydberg und verfluchte den Umstand, daß dieser nicht da war. Was tue ich jetzt? Wie komme ich weiter? Wir tasten herum, als drehten wir uns im Kreis.

Er las durch, was er geschrieben hatte. Versuchte, ein verborgenes Geheimnis aus der Zusammenfassung herauszulocken. Aber er fand keins. Irritiert schob er den Kollegblock fort. Es war Viertel vor eins. Am besten würde er erst einmal etwas essen. Später am Nachmittag würde er ein weiteres Gespräch mit Elisabeth Lamberg führen. Er sah ein, daß er zu ungeduldig war. Immerhin waren erst vierundzwanzig Stunden vergangen, seit Simon Lamberg ermordet worden war.

Er stellte sich vor, daß Rydberg ihm zustimmen würde. Wallander wußte, daß er viel zu wenig Geduld hatte.

Er zog die Jacke an und wollte gehen.

Im gleichen Augenblick öffnete sich die Tür. Es war Martinsson.

Man sah ihm an, daß etwas Wichtiges geschehen war. Er blieb in der Türöffnung stehen. Wallander sah ihn gespannt an.

»Wir haben den Mann, der dich heute nacht niedergeschlagen hat, zwar nicht gefunden«, sagte Martinsson, »aber er wurde beobachtet.«

Martinsson zeigte auf eine Karte von Ystad, die an Wallanders Wand hing.

»Er hat dich an der Ecke Aulingata und Giöddesgränd niedergeschlagen. Dann flüchtete er wahrscheinlich die Herrestadsgata entlang und bog nach Norden ab. Kurz darauf wurde er in einem Garten in der Timmermansgata beobachtet, die unmittelbar in der Nähe liegt.«

»Wieso beobachtet?«

Wallander holte seinen Block aus der Tasche und blätterte in seinen Aufzeichnungen.

»Da lebt eine junge Familie, sie heißen Simovic. Die Frau war wach, weil sie ihr drei Monate altes Baby stillte. Bei der Gelegenheit schaute sie aus dem Fenster und entdeckte einen Schatten draußen in der Dunkelheit. Sie weckte sofort ihren Mann, aber als er ans Fenster kam, war der Schatten bereits verschwunden. Ihr Mann sagte, sie habe sich etwas eingebildet. Sie ließ sich anscheinend überzeugen und ging wieder ins Bett, nachdem das Kind eingeschlafen war. Erst heute, als sie im Garten war, ist ihr das Ganze wieder eingefallen. Sie ist zu der Stelle gegangen, an der sie in der Nacht jemanden gesehen zu haben meinte. Dazu muß man sagen, daß sie inzwischen davon gehört hatte, daß Lamberg ermordet worden ist. Ystad ist ja so klein, daß auch die Familie Simovic ein Familienfoto in seinem Atelier hatte anfertigen lassen.«

»Aber sie kann doch unmöglich von der nächtlichen Verfolgungsjagd gehört haben«, wandte Wallander ein. »Darüber haben wir nichts verlauten lassen.«

»Das stimmt«, fuhr Martinsson fort, »deswegen können wir auch froh sein, daß sie sich überhaupt gemeldet hat.«

»Kann sie uns eine brauchbare Personenbeschreibung geben?«

»Sie hat nur einen Schatten gesehen.«

Wallander betrachtete Martinsson fragend. »Dann helfen uns diese Beobachtungen nicht besonders viel.«

»Im Prinzip hast du recht«, sagte Martinsson, »wenn sie nicht im Garten etwas auf der Erde gefunden hätte, das sie vor einer Weile hergebracht und abgegeben hat. Und das jetzt auf meinem Tisch liegt.«

Wallander folgte Martinsson über den Korridor zu dessen Zimmer. Auf dem Schreibtisch lag ein Gesangbuch. Wallander sah Martinsson argwöhnisch an. »Das? Das hat sie gefunden?«

»Ja. Ein Gesangbuch. Eigentum der schwedischen Kirche.«

Wallander überlegte. Warum war Frau Simovic überhaupt damit hergekommen? Es war ein Mord geschehen. Sie hatte jemanden entdeckt, der sich während der Nacht in ihrem Garten aufgehalten hatte. Zuerst hatte sie sich von ihrem Mann überzeugen lassen, daß es nur eine Einbildung gewesen sei, dann hatte sie dieses Gesangbuch gefunden.

Er schüttelte langsam den Kopf.

»Es muß nicht unbedingt derselbe Mann gewesen sein«, meinte Martinsson. »Auch wenn ich behaupten würde, daß vieles dafür spricht. Wie viele Menschen schleichen schon nachts in fremden Gärten herum? Noch dazu in Ystad? Außerdem haben die Nachtstreifen die Gegend abgesucht. Ich habe mit einem von ihnen gesprochen, der heute nacht mit draußen war. Mehrmals sind sie auch in der Timmermansgata gewesen. Ein Garten war also ein guter Platz, um sich zu verstecken.«

Wallander sah ein, daß Martinsson recht hatte. »Ein Gesangbuch«, sagte er. »Wer zum Teufel trägt mitten in der Nacht ein Gesangbuch durch die Gegend?«

»Und verliert es in einem Garten, nachdem er einen Polizisten niedergeschlagen hat«, fügte Martinsson hinzu.

»Laß Nyberg das Buch untersuchen und danke der Familie Simovic für ihre Hilfe.«

Als Wallander auf dem Weg aus Martinssons Zimmer war, fiel ihm noch etwas ein.

»Wer nimmt denn die eingehenden Hinweise entgegen?«

»Das macht Hansson. Aber es scheint noch nicht richtig in Gang gekommen zu sein.«

»Wenn es das überhaupt je tut«, sagte Wallander skeptisch.

Anschließend fuhr er in die Konditorei am Busbahnhof und aß ein paar belegte Brote. Das

Gesangbuch war ein rätselhafter Fund, der ebensowenig wie irgend etwas anderes auf eine logische Weise in die Ermittlung über den Tod des Fotografen eingeordnet werden konnte. Wallander war ratlos.

Sie tappten im dunkeln.

Nach dem Besuch in der Konditorei fuhr Wallander hinauf in den Lavendelväg. Wieder machte Karin Fahlman ihm auf. Aber diesmal hatte Elisabeth Lamberg sich nicht hingelegt. Sie saß im Wohnzimmer und wartete, als Wallander eintrat. Auch diesmal überraschte ihn ihre Blässe. Er hatte das Gefühl, daß sie irgendwie von innen kam und weit zurückreichende Ursachen hatte. Daß sie nicht nur eine Reaktion darauf war, daß ihr Mann ermordet worden war.

Wallander setzte sich ihr gegenüber. Sie sah ihn forschend an.

»Wir sind einer Lösung noch nicht nähergekommen«, sagte er.

»Ich gehe davon aus, daß Sie tun, was Sie können«, erwiderte sie.

Wallander fragte sich im stillen, was sie damit hatte sagen wollen. War es eine versteckte Kritik an der Arbeit der Polizei? Oder meinte sie es ehrlich?

»Das ist mein zweiter Besuch bei Ihnen«,

begann er, »aber wir müssen davon ausgehen, daß es nicht der letzte sein wird. Es tauchen ständig neue Fragen auf.«

»Ich werde antworten, so gut ich kann.«

»Diesmal bin ich nicht gekommen, um Fragen zu stellen«, fuhr Wallander fort. »Diesmal würde ich gern die persönlichen Dinge Ihres Mannes in Augenschein nehmen.«

Sie nickte, sagte aber nichts.

Wallander hatte sich entschlossen, direkt zur Sache zu kommen.

»Hatte Ihr Mann Schulden?«

»Nicht, soweit ich weiß. Das Haus ist bezahlt. Er hat im Atelier nie in etwas investiert, ohne sicher zu sein, die Kredite innerhalb kurzer Zeit zurückzahlen zu können.«

»Kann er Kredite aufgenommen haben, von denen Sie nichts gewußt haben?«

»Natürlich. Das habe ich schon erklärt. Wir lebten unter dem gleichen Dach, aber getrennte Leben. Und er war sehr geheimnisvoll.«

Wallander griff den letzten Satz noch einmal auf.

»Auf welche Weise war er geheimnisvoll? Das habe ich immer noch nicht wirklich verstanden.«

Sie sah ihn eindringlich an. »Was ist ein geheimnisvoller Mensch? Vielleicht sollte man lieber sagen, daß er ein verschlossener Mensch war. Man wußte nie, ob er wirklich meinte, was er sagte, oder etwas ganz anderes dachte. Ich konnte direkt neben ihm stehen und trotzdem das Gefühl haben, daß er sich irgendwo weit weg befand. Ich konnte nie sagen, ob es wirklich echt war, wenn er lächelte. Ich konnte nie sicher sein, wer er eigentlich war.«

»Es muß eine schwierige Situation gewesen sein«, sagte Wallander. »Aber es kann doch nicht immer so gewesen sein.«

»Er hatte sich sehr verändert. Das begann schon, als Matilda geboren wurde.«

»Vor vierundzwanzig Jahren?«

»Vielleicht nicht unmittelbar. Sagen wir, vor zwanzig Jahren. Ich begann zu glauben, daß es die Trauer über Matildas Schicksal war. Bis es schlimmer wurde.«

»Schlimmer? Wann war das?«

»Vor ungefähr sieben Jahren.«

»Was passierte da?«

»Ich kann es nicht genau sagen.«

Wallander hielt inne und ging dann noch einmal zurück. »Wenn ich richtig verstanden habe, passierte vor sieben Jahren etwas, was ihn dramatisch veränderte.«

»Ja.«

»Haben Sie überhaupt keine Vorstellung, was es gewesen sein könnte?«

»Vielleicht doch. In jedem Frühjahr überließ

er dem Angestellten vierzehn Tage das Geschäft. Dann unternahm er eine Busreise hinunter nach Europa.«

»Und Sie fuhren nicht mit?«

»Er wollte allein sein. Ich hatte auch keine Lust. Wenn ich fort wollte, bin ich mit meinen Freundinnen verreist. Ganz woandershin.«

»Was geschah damals?«

»Damals ging die Reise nach Österreich, und als er zurückkam, war er völlig verändert. Wirkte ausgelassen und traurig zur gleichen Zeit. Als ich nachfragte, bekam er einen der wenigen Wutanfälle, die ich bei ihm erlebt habe.«

Wallander hatte begonnen, sich Notizen zu machen.

»Wann genau war das?«

»1981, im Februar oder März. Die Busreise wurde von Stockholm aus organisiert. Aber Simon ist in Malmö zugestiegen.«

»Sie erinnern sich nicht zufällig daran, wie das Reisebüro hieß?«

»Ich glaube, es war Mark-Reisen. Er fuhr fast immer mit denen.«

Wallander steckte den Notizblock in die Tasche, nachdem er den Namen notiert hatte.

»Jetzt würde ich mich gern umsehen«, sagte er. »Vor allem natürlich in seinem Zimmer.«

»Er hatte zwei. Ein Schlafzimmer und ein Arbeitszimmer.«

Beide lagen im Souterrain. Wallander warf einen schnellen Blick ins Schlafzimmer und öffnete die Kleiderschranktür. Elisabeth Lamberg stand hinter ihm und sah ihm zu. Dann gingen sie in das geräumige Arbeitszimmer.

An den Wänden standen Bücherregale. Es gab eine umfangreiche Plattensammlung, einen durchgesessenen Lesesessel und einen großen Schreibtisch.

Plötzlich hatte Wallander eine Idee. »War Ihr Mann eigentlich religiös?« fragte er.

»Nein«, antwortete sie erstaunt. »Das kann ich mir nicht denken.«

Wallanders Blick glitt über die Buchrükken. Es gab Belletristik in verschiedenen Sprachen, aber auch Sachbücher über verschiedene Themen. Mehrere Regalmeter enthielten ausschließlich Literatur über Astronomie. Wallander setzte sich an den Schreibtisch. Er hatte von Nyberg das Schlüsselbund bekommen. Er schloß die oberste Schublade auf.

Lambergs Witwe hatte sich in den Lesesessel gesetzt. »Wenn Sie lieber allein sein möchten, gehe ich gern«, sagte sie.

»Das ist nicht nötig«, erwiderte Wallander.

Es dauerte ein paar Stunden, das Arbeitszimmer durchzusehen. Die ganze Zeit saß sie im Sessel und folgte ihm mit ihren Blicken. Er fand nichts, was ihn oder die Ermittlung weitergebracht hätte.

Etwas ist vor sieben Jahren auf einer Reise nach Österreich geschehen, dachte er. Die Frage ist nur, was.

Erst gegen halb sechs gab er auf. Simon Lambergs Leben schien hermetisch verschlossen zu sein. Wie sehr er auch suchte, er fand nichts. Sie gingen wieder ins Erdgeschoß hinauf. Karin Fahlman bewegte sich im Hintergrund. Alles war sehr still. Wie vorher.

»Haben Sie gefunden, wonach Sie suchen?« fragte Elisabeth Lamberg.

»Ich weiß nicht, wonach ich suche. Außer daß es etwas sein müßte, was uns einen Hinweis auf das Motiv und den Täter geben kann. Aber das habe ich noch nicht gefunden.«

Wallander verabschiedete sich und fuhr zurück ins Präsidium. Der Wind war immer noch böig. Er fröstelte und fragte sich, zum wievielten Mal, wußte er nicht, wann es wohl Frühling würde.

Vor dem Polizeipräsidium traf er Staatsanwalt Per Åkeson. Sie betraten gemeinsam die Anmeldung. Wallander gab Åkeson eine Zusammenfassung des Ermittlungsstandes.

»Ihr habt also noch keine direkte Spur, die ihr verfolgt«, stellte Åkeson fest.

»Nein«, erwiderte Wallander. »Noch zeigt nichts in eine bestimmte Richtung. Die Kompaßnadel dreht sich wie wild.«

Åkeson verschwand durch die Schwingtür.

Im Korridor stieß Wallander auf Svedberg. Ihn hatte er gerade aufsuchen wollen. Sie gingen zusammen in Wallanders Zimmer, und Svedberg setzte sich auf den wackligen Besucherstuhl. Eine Armstütze drohte abzufallen.

»Du solltest dir mal einen neuen Stuhl anschaffen«, sagte Svedberg.

»Glaubst du, dafür ist Geld da?«

Wallander legte seinen Notizblock vor sich auf den Tisch.

»Ich möchte dich um zwei Dinge bitten«, sagte er. »Erstens, daß du versuchst, herauszufinden, ob es in Stockholm ein Reiseunternehmen gibt, das Mark-Reisen heißt. Simon Lamberg ist mit ihnen im Februar oder März 1981 nach Österreich gefahren. Versuche, soviel wie möglich über diese Busreise herauszufinden. Wenn du nach all den Jahren eine Teilnehmerliste auftreiben könntest, wäre es natürlich das Beste, was uns passieren könnte.«

»Warum ist das wichtig?«

»Irgend etwas ist auf dieser Reise passiert. Die Witwe war in dem Punkt sehr deutlich. Simon Lamberg war nicht mehr derselbe, als er von der Reise zurückkam.«

Svedberg machte sich eine Notiz.

»Zweitens«, fuhr Wallander fort, »sollten wir herausfinden, wo sich die Tochter, Matilda, aufhält. Sie lebt in einem Heim für Schwerbehinderte, aber wir wissen nicht, wo.«

»Hast du nicht danach gefragt?«

»Ich habe nicht daran gedacht. Der Schlag heute nacht hat mir doch stärker zugesetzt, als ich angenommen habe.«

»Ich werde mich darum kümmern«, versprach Svedberg und stand auf.

In der Tür prallte er beinah mit Hansson zusammen.

»Ich glaube, ich bin da auf etwas gestoßen«, sagte Hansson. »Ich habe mal in meiner Erinnerung gekramt. Simon Lamberg hatte nie irgendwelche Probleme mit der Justiz. Aber trotzdem meinte ich mich in irgendeinem Zusammenhang an ihn zu erinnern.«

Wallander und Svedberg warteten gespannt. Sie wußten beide, daß Hansson dann und wann ein ausgezeichnetes Gedächtnis unter Beweis stellen konnte.

»Eben bin ich darauf gekommen, was es war«, fuhr er fort. »Und zwar hat Lamberg vor einigen Jahren eine Reihe von Beschwerdebriefen geschrieben. Er hat sie an Björk gerichtet, obwohl es fast nichts mit der Polizei von Ystad zu tun hatte. Er war unter anderem unzufrieden damit, wie schlecht wir seiner Meinung nach verschiedene Gewaltverbrechen aufklärten. In einem der Briefe ging es um Kajsa Stenholm, der es nicht gelungen war, diesen Fall in Stockholm aufzuklären, als Bengt Alexandersson ermordet wurde, der erst im vorigen Jahr seine Aufklärung gefunden hat. Das hast du doch damals in der Hand gehabt. Ich dachte, das könnte vielleicht erklären, warum dein Gesicht in seinem komischen Fotoalbum vertreten ist.«

Wallander nickte. Hansson mochte recht haben. Aber es brachte sie trotzdem nicht weiter.

Das Gefühl von Ratlosigkeit war jetzt sehr stark.

Sie hatten ganz einfach nichts in der Hand.

Der Täter war noch immer ein flüchtiger Schatten.

Am dritten Tag der Mordermittlung war das Wetter umgeschlagen. Als Wallander gegen halb sechs ausgeruht erwachte, schien die Sonne in sein Schlafzimmer. Das Thermometer vor dem Küchenfenster zeigte sieben Grad über Null. Vielleicht war der Frühling nun endlich im Anzug.

Wallander betrachtete sein Gesicht im Badezimmerspiegel. Die linke Backe war geschwollen und wies blaue Stellen auf. Als er vorsichtig das Pflaster an der Schläfe löste, begann es sofort wieder zu bluten. Er suchte ein neues Pflaster und klebte es über die Wunde. Dann tastete er mit der Zunge nach dem provisorisch behandelten Zahn. Er hatte sich noch immer nicht daran gewöhnt. Er duschte und zog sich an. Der Berg von Schmutzwäsche bewirkte, daß er verärgert hinunter in die Waschküche ging und sich für eine Zeit eintrug, während oben der Kaffee durchlief. Er begriff nicht, wie sich in so kurzer Zeit so viel schmutzige Wäsche ansammeln konnte. Früher war es Mona gewesen, die sich um die Wäsche kümmerte. Es versetzte ihm einen Stich, als er an sie dachte. Dann setzte er sich an den Küchentisch und las die Zeitung. Der Mord an Lamberg nahm viel Raum ein. Björk hatte mit den Journalisten gesprochen, und Wallander nickte beifällig. Er konnte sich gut ausdrücken. Nannte die Dinge beim Namen und hielt sich nicht mit Spekulationen auf.

Kurz nach sechs verließ Wallander die Wohnung und fuhr hinauf ins Präsidium. Weil alle in der Ermittlungsgruppe viel zu tun hatten, wollten sie sich erst am Abend zusammensetzen. Die systematische Erfassung des Lebens von Simon Lamberg, seiner Gewohnheiten, seiner Finanzen, seines Umgangs, seiner Vergangenheit erforderte Zeit. Wallander selbst wollte nachforschen, ob etwas an den Gerüchten wahr sein konnte, die Gunnar Larsson erwähnt hatte. Daß Simon Lamberg sich in der illegalen Welt des Glücksspiels bewegt hatte. Er wollte zu diesem Zweck einen seiner alten Kontakte nutzen. Er würde nach Malmö fahren und mit einem Mann sprechen, den er fast vier Jahre nicht gesehen hatte. Aber er wußte, wo er ihn mit größter Wahrscheinlichkeit antreffen würde. Er ging in die Anmeldung, blätterte die Telefonnotizen durch und stellte fest, daß nichts Wichtiges dabei war. Dann ging er weiter zu Martinsson, der wie immer früh bei der Arbeit war. Er saß vor seinem Computer und war mit einer Suchaktion beschäftigt.

»Wie kommst du voran?« fragte Wallander.

Martinsson schüttelte den Kopf. »Simon Lamberg muß das absolute Ideal des unbescholtenen Bürgers gewesen sein«, meinte er. »Kein dunkler Fleck, nicht einmal ein Bußgeld wegen Falschparkens. Nichts.«

»Aber das Gerücht besagt, daß er gespielt hat«, sagte Wallander. »Illegal. Außerdem soll er Schulden gehabt haben. Ich werde den Vormittag nutzen, um mehr darüber herauszufinden. Ich fahre jetzt nach Malmö.«

»Was für ein Wetter wir gekriegt haben«, sagte Martinsson, ohne den Blick vom Monitor zu heben.

»Ja«, antwortete Wallander. »Man fängt tatsächlich wieder an zu hoffen.«

Wallander fuhr nach Malmö. Die Temperatur war weiter gestiegen. Er genoß den Gedanken an die Verwandlung, die die Landschaft jetzt bald durchmachen würde. Aber es dauerte nicht lange, bis seine Gedanken wieder zu der Mordermittlung zurückkehrten, für die er die Verantwortung trug. Immer noch fehlte ihnen eine Richtung, in die sie gehen konnten. Sie hatten kein offensichtliches Motiv. Simon Lambergs Tod war unbegreiflich. Ein Fotograf, der ein stilles Leben geführt hatte. Der das tragische Schicksal erfahren hatte, eine schwerbehinderte Tochter zu bekommen. Der seit längerer Zeit praktisch von seiner Ehefrau getrennt lebte. Nichts von alldem sprach jedoch dafür, daß jemand das Bedürfnis gehabt haben könnte, mit wahnsinniger Wucht seinen Schädel zu zertrümmern.

Außerdem war vor sieben Jahren etwas auf einer Busreise nach Österreich geschehen. Etwas, was Lamberg entscheidend verändert hatte.

Während der Fahrt blickte Wallander über die Landschaft. Er fragte sich, was an dem Bild von Lamberg er nicht durchschaute. Die ganze Gestalt hatte etwas Unscharfes. Sein Leben und sein Charakter waren seltsam flüchtig.

Wallander kam kurz vor acht in Malmö an.

Er fuhr direkt in das Parkhaus hinter dem Hotel Savoy. Dann ging er durch den Haupteingang hinein. Er steuerte den Speisesaal an.

Der Mann, den er suchte, saß allein an einem Tisch im hinteren Teil des Raumes. Er war in eine Morgenzeitung vertieft. Wallander trat an den Tisch. Der Mann fuhr zusammen und blickte auf. »Kurt Wallander«, sagte er. »Bist du so hungrig, daß du nach Malmö fahren mußt, um zu frühstücken?«

»Deine Logik ist wie üblich sonderbar«, erwiderte Wallander und setzte sich. Er goß sich eine Tasse Kaffee ein. Gleichzeitig dachte er daran, wie er Peter Linder kennengelernt hatte, den Mann, dem er jetzt gegenübersaß. Es war vor mehr als zehn Jahren gewesen, Mitte der siebziger Jahre. Wallander hatte damals gerade in Ystad angefangen. Sie hatten einen illegalen Spielklub ausgehoben, der auf einem einsam gelegenen Hof in der Nähe von Hedeskoga eingerichtet worden war. Es war für alle offensichtlich gewesen, daß Peter Linder die Fäden des Unternehmens in der Hand hielt. Die großen Gewinne waren bei ihm gelandet. Aber im Prozeß war Linder freigesprochen worden. Eine ganze Meute von Verteidigern hatte es geschafft, die vom Staatsanwalt erhobene Anklage zu durchlöchern, und Linder hatte den Gerichtssaal als freier Mann verlassen.

Einige Tage nach dem Freispruch war er überraschend ins Polizeipräsidium gekommen und wollte mit Wallander sprechen. Er hatte sich über die Behandlung beklagt, die ihm seitens des schwedischen Rechtswesens zuteil geworden war. Wallander war aus der Haut gefahren. »Alle wissen, daß du dahintersteckst«, hatte er gesagt.

»Natürlich tu ich das«, hatte Peter Linder geantwortet. »Aber der Staatsanwalt konnte es mir nicht nachweisen. Und das alles bedeutet nicht, daß ich mein Recht verwirkt habe, mich über schlechte Behandlung zu beschweren.«

Peter Linders Frechheit machte Wallander sprachlos. Für ein paar Jahre war Linder aus Wallanders Leben verschwunden. Aber eines Tages war ein anonymer Brief an Wallander eingegangen, der Tips über einen anderen Spielklub in Ystad enthielt. Diesmal hatten sie die Hintermänner verurteilen können. Wallander hatte die ganze Zeit über gewußt, daß Peter Linder der Verfasser des anonymen Briefs war. Weil er bei seinem damaligen Besuch aus irgendeinem Grund hatte verlauten lassen, daß er »immer im Savoy frühstücke«, hatte Wallander ihn hier aufgesucht.

»Ich lese in den Zeitungen davon, daß Fotografen in Ystad gefährlich leben«, sagte Peter Linder.

»Nicht gefährlicher als sonstwo.«

»Und die Spielklubs?«

»Ich gehe davon aus, daß wir davon gegenwärtig befreit sind.«

Peter Linder lächelte. Seine Augen waren sehr blau.

»Ich sollte vielleicht überlegen, ob ich mich wieder in der Gegend von Ystad etabliere. Was hältst du davon?«

»Was ich davon halte, kannst du dir denken«, erwiderte Wallander. »Und wenn du einmal zurückkommen solltest, lochen wir dich ein.«

Peter Linder schüttelte den Kopf. Er lächelte erneut.

Es ärgerte Wallander, aber er ließ es sich nicht anmerken. »Ich bin tatsächlich hier, um mit dir über den ermordeten Fotografen zu sprechen.«

»Ich gehe ausschließlich zu einem Fotografen hier in Malmö. Er machte schon Bilder in der Zeit des alten Königs. Ein ausgezeichneter Mann.«

»Du brauchst lediglich meine Fragen zu beantworten«, unterbrach Wallander.

»Ist das ein Verhör?«

»Nein, aber ich bin dumm genug, zu glauben, daß du mir vielleicht helfen kannst. Und noch dümmer, indem ich sogar davon ausgehe, daß du es tun wirst.«

Peter Linder breitete einladend die Arme aus.

»Simon Lamberg«, fuhr Wallander fort. »Der Fotograf. Es ist das Gerücht in Umlauf, er sei ein Spieler gewesen. Der große Summen setzen würde. Illegal natürlich. Hier wie in Kopenhagen. Außerdem soll er Kredite aufgenommen haben, die er nicht zurückzahlen konnte. Ein Mann tief in der Schuldenfalle.«

»Damit ein Gerücht interessant wird, muß es zu mindestens fünfzig Prozent aus Wahrheit bestehen«, sagte Peter Linder philosophisch. »Tut es das?«

»Ich habe gehofft, darauf könntest du mir antworten. Hast du von ihm reden hören?«

Peter Linder dachte nach.

»Nein«, sagte er dann. »Aber wenn nur das geringste bißchen an diesen Gerüchten dran ist, dann würde ich wissen, wer der Mann war.«

»Wäre es denkbar, daß du aus irgendeinem Grund nichts von ihm weißt?«

»Nein«, erwiderte Peter Linder. »Das ist absolut undenkbar.«

»Du bist mit anderen Worten allwissend?«

»Über das, was sich in der illegalen Spielwelt in Südschweden abspielt, weiß ich alles. Außerdem kenne ich mich ein wenig in der klassischen Philosophie und mit maurischer Architektur aus. Aber darüber hinaus weiß ich von nichts.«

Wallander protestierte nicht. Er wußte, daß Peter Linder einst eine erstaunlich steile Karriere an der Universität gemacht hatte. Dann, eines Tages, hatte er ohne Vorwarnung dem akademischen Leben den Rücken gekehrt und sich innerhalb kürzester Zeit als Spielklubbesitzer etabliert.

Wallander trank seinen Kaffee aus. »Wenn du etwas hören solltest, wäre ich dankbar für einen deiner anonymen Briefe«, sagte er.

»Ich höre mich mal in Kopenhagen um«, meinte Peter Linder. »Aber ich bezweifle, daß ich etwas finde, was ich dir anbieten könnte.«

Wallander nickte. Er stand schnell auf. Peter Linder die Hand zu geben, war mehr, als er sich vorstellen konnte.

Gegen zehn Uhr war Wallander zurück im Polizeipräsidium. Ein paar Polizisten tranken in der Frühlingswärme vor dem Gebäude Kaffee. Wallander schaute zu Svedberg hinein. Er war nicht da. Hansson ebenfalls nicht.

Nur Martinsson saß unverdrossen vor seinem Bildschirm.

»Wie lief es in Malmö?« fragte er.

»Die Gerüchte haben sich leider nicht bestätigt«, antwortete Wallander.

»Leider?«

»Sie hätten uns ein Motiv geliefert. Spielschulden. Geldeintreiber. Alles, was wir brauchen.«

»Svedberg hat über das Handelsregister herausgefunden, daß Mark-Reisen nicht mehr existieren. Die Firma hat vor fünf Jahren mit einem anderen Unternehmen fusioniert. Vor ein oder zwei Jahren mußte dieses dann Konkurs anmelden. Er meint, es wäre unmöglich, alte Teilnehmerlisten aufzutreiben. Aber er hält es für denkbar, den damaligen Busfahrer zu finden. Falls er noch lebt.«

»Womit beschäftigen sich Hansson und er zur Zeit?«

»Svedberg gräbt in Lambergs Finanzen. Hansson redet mit den Nachbarn. Und Nyberg macht einen Techniker zur Schnecke, dem ein Fußabdruck abhanden gekommen ist.«

»Wie kann einem denn ein Fußabdruck abhanden kommen?«

»Man kann doch auch ein Gesangbuch in einem Garten verlieren.«

Martinsson hat recht, dachte Wallander. Verlieren kann man alles.

»Sind irgendwelche Hinweise eingegangen?« fragte er dann.

»Nichts außer der Familie Simovic mit dem Gesangbuch. Und eine Reihe von Hinweisen, die wir sofort abschreiben konnten. Aber vielleicht kommen ja noch mehr. Die Leute brauchen immer ein bißchen Zeit.«

»Bankdirektor Backman?«

»Zuverlässig. Aber er hat nicht mehr gesehen, als wir schon wußten.«

»Und die Putzhilfe? Hilda Waldén?«

»Auch von ihr haben wir nichts Neues erfahren.«

Wallander lehnte sich an den Türrahmen. »Wer zum Teufel hat ihn umgebracht? Was kann er für ein Motiv gehabt haben?«

»Wer stellt im Radio einen anderen Sender ein?« fragte Martinsson. »Und wer läuft mitten in der Nacht mit einem Gesangbuch in der Tasche in der Stadt herum?«

Die Fragen blieben bis auf weiteres unbeantwortet. Wallander ging in sein Zimmer. Er fühlte sich rastlos und unzufrieden. Die Begegnung mit Peter Linder hatte zu nichts weiter geführt, als daß sie die Hoffnung aufgeben konnten, irgendwo in der illegalen Welt der Zocker eine Lösung zu finden. Was blieb dann noch?

Wallander setzte sich an den Schreibtisch und versuchte, eine neue Zusammenfassung zu erstellen. Er brauchte über eine Stunde. Dann las er durch, was er geschrieben hatte. Mehr und mehr neigte er zu der Auffassung, daß der Mann, der Lamberg getötet hatte, in den Laden hereingelassen worden war. Mit Sicherheit war es jemand gewesen, den Lamberg gekannt und zu dem er Vertrauen gehabt hatte. Jemand, von dem wahrscheinlich nicht einmal Elisabeth Lamberg wußte.

Er wurde in seinen Gedanken dadurch unterbrochen, daß Svedberg an die Tür klopfte. »Rate mal, wo ich gewesen bin«, sagte er.

Wallander schüttelte den Kopf. Er war nicht in der Stimmung für Ratespiele.

»Matilda Lamberg lebt in einem Pflegeheim außerhalb von Rydsgård«, sagte Svedberg. »Und weil es so nah war, dachte ich, daß ich ebensogut gleich hinfahren könnte.«

»Du hast Matilda also getroffen?«

Svedberg wurde ernst. »Es ist grauenhaft«, sagte er. »Sie ist nicht in der Lage, irgend etwas selbständig zu tun.«

»Du brauchst es nicht genauer zu beschreiben. Ich kann es mir auch so vorstellen.«

»Aber ich habe etwas Eigenartiges erfahren«, fuhr Svedberg fort. »Ich habe mit der Leiterin gesprochen, einer freundlichen Frau. Eine von diesen stillen Heldinnen, die es in unserer Welt gibt. Ich fragte sie, wie oft Simon Lamberg zu Besuch gekommen ist.«

»Und was hat sie geantwortet?«

»Er ist kein einziges Mal dagewesen. Nie. In all den Jahren nicht.«

Wallander sagte nichts.

»Elisabeth Lamberg pflegt einmal in der Woche zu kommen. Meistens samstags. Aber das war nicht das Sonderbare.«

»Sondern?«

»Die Leiterin sagte, daß auch eine andere Frau zu Besuch käme. Unregelmäßig, aber sie taucht manchmal auf. Niemand weiß, wie sie heißt oder wer sie ist.«

Wallander runzelte die Stirn.

Eine unbekannte Frau.

Plötzlich war das Gefühl sehr stark. Er wußte nicht, woher es kam, aber er war dennoch überzeugt. Hier war endlich eine Spur.

»Gut«, sagte er. »Sehr gut. Versuche, alle zu einer Besprechung zusammenzutrommeln.«

Um halb zwölf hatte Wallander die Ermittlungsgruppe um sich versammelt. Sie kamen aus verschiedenen Richtungen und schienen dank des schönen Wetters voller neuer Energie. Wallander hatte unmittelbar vor der Sitzung eine vorläufige Stellungnahme des Gerichtsmediziners erhalten. Simon Lamberg war vermutlich vor Mitternacht getötet worden. Der Schlag auf den Hinterkopf war mit großer Kraft geführt worden und unmittelbar tödlich gewesen. Weil man in der Wunde Metallspuren gefunden hatte, die leicht als eine Messinglegierung identifiziert werden konnten, fing man jetzt an, sich versuchsweise Gedanken über die Mordwaffe zu machen. Es konnte eine Messingstatue gewesen sein oder etwas in der Richtung. Wallander hatte sofort Hilda Waldén angerufen und sie gefragt, ob es im Atelier irgendeinen Messinggegenstand gegeben habe. Ihre Antwort war negativ gewesen. Wallander hatte den Bescheid bekommen, den er sich gewünscht hatte. Der Mann, der gekommen war, um Simon Lamberg zu töten, hatte die Mordwaffe bei sich gehabt. Dies wiederum bedeutete, daß der Mord geplant gewesen war. Nichts, was aus einem Streit oder einem sonstigen Impuls hervorgegangen war.

Für die Ermittlungsgruppe war dies eine wichtige Feststellung. Sie wußten jetzt, daß sie nach einem Täter suchten, der vorsätzlich gehandelt hatte. Warum er wiedergekommen war, wußten sie jedoch nicht. Am wahrscheinlichsten war, daß er etwas vergessen hatte. Aber Wallander konnte den Gedanken nicht loswerden, daß es einen anderen Grund gab, den sie noch nicht entdeckt hatten.

Sie gingen langsam und methodisch noch einmal alles durch, was sie bisher zusammengetragen hatten. Das meiste war jedoch noch unklar. Sie konnten die verschiedenen Informationen nicht miteinander in Verbindung bringen. Aber Wallander wollte schon jetzt alles auf dem Tisch haben. Er wußte aus Erfahrung, daß in einer Ermittlungsgruppe jeder einzelne Zugang zu sämtlichen Informationen benötigte. Eine seiner schlimmsten polizeilichen Sünden war es, daß er oft Dinge für sich behielt. Mit den Jahren war es ihm jedoch gelungen, sich ein wenig zu bessern.

»Finger- und Fußabdrücke gibt es ziemlich viele«, sagte Nyberg, als Wallander wie gewöhnlich dazu übergegangen war, ihnen das Wort zu erteilen. »Wir haben außerdem einen guten Daumenabdruck im Gesangbuch gefunden. Ob er mit einem der Abdrücke, die wir im Fotoladen abnehmen konnten, identisch ist, weiß ich noch nicht.«

»Läßt sich noch mehr über das Gesangbuch sagen?« fragte Wallander.

»Es macht den Eindruck, recht fleißig benutzt worden zu sein, aber es steht kein Name darin. Auch kein Stempel einer bestimmten Kirche oder Gemeinde.«

Wallander blickte Hansson an.

»Wir sind noch nicht ganz fertig mit den Nachbarn. Aber keiner von denen, mit denen wir bisher gesprochen haben, hat etwas Ungewöhnliches gesehen oder gehört. Keinen nächtlichen Tumult im Atelier. Nichts draußen auf der Straße. Es kann sich auch niemand daran erinnern, jemanden gesehen zu haben, der sich vor dem Laden auffällig benommen hätte. Weder am Tatabend noch vorher. Alle beteuern außerdem, daß Simon Lamberg ein liebenswerter Mensch gewesen sei. Allerdings etwas reserviert.«

»Sind noch andere Hinweise eingegangen?«

»Es kommen die ganze Zeit neue per Telefon. Aber nichts, was unmittelbar von Interesse wäre.«

Wallander fragte nach den Briefen, die Lamberg geschrieben hatte, um sich über die Polizei zu beschweren.

»Sie werden an einer zentralen Stelle irgendwo in Stockholm archiviert. Unser Distrikt ist ja nur in einem von ihnen am Rande erwähnt worden. Man ist dabei, sie herauszusuchen.«

»Es fällt mir schwer, dieses Album zu bewerten«, sagte Wallander. »Ob es wichtig ist oder nicht. Es kann natürlich damit zusammenhängen, daß ich selbst darin abgebildet bin.«

»Andere sitzen zu Hause am Küchentisch und verfassen Haßtiraden auf verschiedene Machthaber«, überlegte Martinsson. »Simon Lamberg war Fotograf. Er schrieb nicht. Die Dunkelkammer war sein symbolischer Küchentisch.«

»Damit kannst du recht haben. Wir müssen

darauf zurückkommen, wenn wir hoffentlich bald mehr wissen.«

»Lamberg war eine komplizierte Persönlichkeit«, meinte Svedberg. »Freundlich und zurückgezogen, aber auch noch etwas anderes. Es ist nur so, daß wir nicht formulieren können, was dieses andere eigentlich beinhaltet.«

»Noch nicht«, sagte Wallander. »Aber das Bild wird sich klären. Das tut es immer.«

Wallander erzählte dann von seinem Besuch in Malmö und von dem Gespräch mit Peter Linder. »Ich glaube, wir können die Gerüchte über Lambergs Spielleidenschaft abschreiben«, endete er. »Es scheint nichts anderes gewesen zu sein als eben gerade ein Gerücht.«

»Ich verstehe nicht, wie du etwas glauben kannst, was dir dieser Mann erzählt«, wandte Martinsson ein.

»Er ist klug genug zu wissen, wann er die Wahrheit sagen muß«, sagte Wallander. »Er ist klug genug, nicht unnötig zu lügen.«

Dann war Svedberg an der Reihe. Er berichtete davon, daß es das Reisebüro in Stockholm nicht mehr gab, er aber davon ausgehe, daß es möglich sein würde, den Busfahrer ausfindig zu machen, der auf der Reise nach Österreich im März 1981 gefahren war.

»Mark-Reisen haben immer mit einer Busgesellschaft in Alvesta zusammengearbeitet«, schloß er. »Und das Unternehmen gibt es noch. Das habe ich bereits geklärt.«

»Kann das wirklich wichtig sein?« fragte Hansson.

»Vielleicht«, antwortete Wallander, »oder vielleicht auch nicht. Aber Elisabeth Lamberg war sich sicher, daß ihr Mann sehr verändert war, als er damals nach Hause kam.«

»Vielleicht hatte er sich verliebt«, schlug Hansson vor. »Ist das nicht etwas, was auf Charterreisen passiert?«

»Ja, zum Beispiel«, stimmte Wallander zu und fragte sich schnell, ob Mona so etwas im Vorjahr auf den Kanarischen Inseln passiert war.

Dann wandte er sich wieder an Svedberg.

»Sieh zu, daß du den Fahrer zu fassen bekommst. Vielleicht bringt es was.«

Svedberg berichtete dann von seinem Besuch bei Matilda Lamberg. Ein Gefühl von Beklemmung verbreitete sich im Raum, als sie erfuhren, daß Simon Lamberg seine behinderte Tochter nie besucht hatte. Daß eine unbekannte Frau dann und wann zu ihr zu Besuch kam, erweckte nur geringes Interesse. Wallander war jedoch nach wie vor davon überzeugt, daß dies eine Spur sein konnte. Er hatte sich noch keine Gedanken darüber gemacht, auf welche Weise sie ins Bild paßte, aber er hatte nicht die

Absicht, die Spur fallenzulassen, bis er wußte, wer die Frau war.

Schließlich gingen sie das allgemeine Bild von Simon Lamberg durch. Mit jedem Schritt, den sie taten, verstärkte sich der Eindruck von einem Mann, der ein geordnetes Leben gelebt hatte. Es gab keine dunklen Flecken, weder in seinen Finanzen noch anderswo in seiner bürgerlichen Existenz. Wallander erinnerte daran, daß jemand so bald wie möglich einen Besuch bei der Vereinigung der Amateurastronomen in Lund machen sollte, in der Lamberg Mitglied gewesen war. Hansson würde das übernehmen.

Anschließend ergriff Martinsson das Wort, um die Ergebnisse seiner Computersuche mitzuteilen. Er konnte nur bekräftigen, was er früher schon beobachtet hatte. Simon Lamberg war nie mit der Polizei in Konflikt geraten.

Es war inzwischen nach eins. Wallander beendete die Sitzung. »Wir haben immer noch kein Motiv oder einen Hinweis darauf, wer der Täter sein kann. Das Wichtigste ist jedoch, daß wir jetzt sicher sein können, daß der Mord geplant war. Der Mörder hatte die Waffe bei sich. Was bedeutet, daß wir alle früheren Überlegungen aufgeben können, wonach es ein Einbruch war, bei dem der Täter überrascht wurde.«

Alle gingen wieder an ihre Arbeit. Wallander hatte beschlossen, zum Pflegeheim hinauszufahren, in dem Matilda Lamberg lebte. Es graute ihn schon vor dem, was ihm begegnen würde. Krankheit, Leiden und lebenslange Behinderung waren etwas, womit Wallander noch nie besonders gut hatte umgehen können. Aber er wollte mehr über die unbekannte Frau in Erfahrung bringen.

Er verließ Ystad und fuhr über Svartevägen nach Rydsgård. Das Meer lockte zu seiner Linken. Er kurbelte das Fenster herunter und fuhr langsamer.

Plötzlich dachte er an Linda, seine achtzehnjährige Tochter. Zur Zeit hielt sie sich in Stockholm auf. Sie schwankte zwischen verschiedenen Vorstellungen, was sie einmal werden wollte. Möbelpolsterin oder Krankengymnastin, manchmal sogar Schauspielerin. Sie teilte sich mit einer Freundin eine Wohnung auf Kungsholmen zur Untermiete. Wovon sie eigentlich lebte, war Wallander nicht ganz klar. Aber er wußte, daß sie dann und wann in Restaurants kellnerte. Wenn sie sich nicht in Stockholm aufhielt, wohnte sie bei Mona in Malmö, und dann kam sie oft, aber unregelmäßig, nach Ystad und besuchte ihn.

Er machte sich Sorgen um sie. Doch gleichzeitig sah er so viele Charaktereigenschaften bei ihr, die er von sich selbst nicht kannte. Im Innersten zweifelte er jedoch nicht daran, daß sie es schaffen würde, ihren Platz im Leben zu finden. Aber die Sorge war trotzdem da. Gegen die war er machtlos.

Wallander hielt in Rydsgård und aß ein spätes Mittagessen im Gasthof. Schweinekoteletts. Am Tisch hinter ihm führten einige Bauern eine lautstarke Diskussion über Vor- und Nachteile eines neuen Typs von Miststreuer. Wallander versuchte sich ganz aufs Essen zu konzentrieren. Das hatte Rydberg ihn gelehrt. Wenn er aß, sollte er nur an das denken, was vor ihm auf dem Teller lag. Hinterher würde er sich vorkommen, als sei sein Kopf gelüftet worden. Wie ein Haus, dessen Fenster man geöffnet hatte, nachdem es lange Zeit leergestanden hatte.

Das Pflegeheim lag in der Nähe von Rynge. Wallander folgte Svedbergs Wegbeschreibung und hatte keine Schwierigkeiten, den richtigen Weg zu finden. Er bog auf den Vorplatz ein und stieg aus. Die Anlage bestand aus einer Mischung alter und neuer Häuser. Er ging durch den Haupteingang hinein. Von irgendwoher hörte er ein gellendes Lachen. Eine Frau war dabei, Blumen zu gießen. Wallander ging zu ihr und bat sie, mit der Leiterin sprechen zu dürfen.

»Das bin ich«, sagte die Frau und lächelte. »Ich heiße Margareta Johansson. Und ich weiß schon, wer Sie sind. So oft, wie man Sie in den Zeitungen sieht!«

Sie goß weiter ihre Blumen. Wallander versuchte, ihren letzten Kommentar zu ignorieren.

»Manchmal muß es schrecklich sein, Polizist zu sein«, sagte sie plötzlich.

»Das kann ich nur bestätigen«, antwortete Wallander. »Aber ich würde anderseits nicht in diesem Land leben wollen, wenn es keine Polizei gäbe.«

»Das ist sicher richtig«, stimmte sie zu und stellte die Gießkanne ab. »Ich nehme an, Sie sind wegen Matilda Lamberg gekommen?«

»Eigentlich nicht direkt ihretwegen. Eher wegen der Frau, die sie manchmal besucht und die nicht ihre Mutter ist.«

Margareta Johansson sah ihn an. Ein Anflug von Beunruhigung huschte über ihr Gesicht.

»Hat sie etwas mit dem Mord an Matildas Vater zu tun?«

»Das ist kaum wahrscheinlich, aber ich möchte doch wissen, wer sie ist.«

Margareta Johansson zeigte auf eine halboffene Tür, die zu einem Büroraum führte. »Wir können uns dort drinnen hinsetzen.«

Sie bot Wallander Kaffee an. Er lehnte ab.

»Matilda bekommt nicht viel Besuch«, sagte sie. »Als ich vor vierzehn Jahren hierherkam, war sie schon seit sechs Jahren da. Nur ihre Mutter besucht sie. Und dann und wann, bei seltenen Gelegenheiten, eine Verwandte. Matilda merkt kaum, wenn sie Besuch bekommt. Sie ist blind und hört schlecht. Und sie reagiert kaum auf das, was um sie her vorgeht. Aber wir wollen trotzdem, daß diejenigen, die viele Jahre bei uns verbringen, vielleicht sogar ihr ganzes Leben, Kontakt zur Außenwelt behalten. Vielleicht geht es um ein Gefühl, daß sie trotz allem dazugehören, zur großen Gemeinschaft.«

»Wann begann diese Frau zu Besuch zu kommen?«

Margareta Johansson dachte nach. »Vor sieben oder acht Jahren.«

»Wie oft kommt sie hierher?«

»Ganz unregelmäßig. Manchmal vergeht ein halbes Jahr, bis sie wiederkommt.«

»Und sie nennt nie ihren Namen?«

»Nie. Sie sagt nur, daß sie komme, um Matilda zu besuchen.«

»Ich nehme an, Sie haben es auch Elisabeth Lamberg erzählt?«

»Ja.«

»Und wie hat sie reagiert?«

»Mit Verwunderung. Sie hat ebenfalls gefragt, wer die Frau sei. Uns gebeten, anzurufen und ihr Bescheid zu sagen, sobald sie herkommen würde. Das Problem ist nur, daß die Besuche dieser Frau immer sehr kurz sind. Elisabeth Lamberg hat es noch nie geschafft, schnell genug hier zu sein. Die Frau war jedesmal schon wieder gegangen.«

»Und wie kommt sie für gewöhnlich her?«

»Mit dem Auto.«

»Das sie selbst fährt?«

»Darüber habe ich mir nie Gedanken gemacht. Vielleicht sitzt noch jemand im Wagen, auf den bisher niemand geachtet hat.«

»Wahrscheinlich hat ebenfalls niemand darauf geachtet, was es für ein Wagen ist, vom polizeilichen Kennzeichen ganz zu schweigen?«

Margareta Johansson schüttelte den Kopf.

»Können Sie mir die Frau beschreiben?«

»Sie ist zwischen vierzig und fünfzig Jahre alt, schmal, nicht besonders groß. Einfach, aber geschmackvoll gekleidet. Blondes, kurzgeschnittenes Haar. Ungeschminktes Gesicht.«

Wallander notierte. »Ist Ihnen noch etwas anderes an ihr aufgefallen?«

»Nein.«

Wallander erhob sich.

»Wollen Sie Matilda nicht sehen?« fragte sie.

»Leider habe ich dafür keine Zeit«, erwiderte Wallander ausweichend, »aber ich komme wahrscheinlich noch einmal wieder. Ich möchte Sie bitten, sofort bei der Polizei in Ystad anzurufen, falls diese Frau wieder auftaucht. Wann war sie zuletzt hier?«

»Vor ein paar Monaten.«

Sie begleitete ihn hinaus auf den Vorplatz. Eine Pflegerin kam mit einem Rollstuhl vorbei. Darin erkannte Wallander einen verkrüppelten Jungen unter einer Wolldecke.

»Allen geht es besser, wenn der Frühling kommt«, sagte Margareta Johansson. »Das merkt man sogar an unseren Patienten, die oft ganz in ihre eigene Welt eingeschlossen sind.«

Wallander verabschiedete sich und ging zu seinem Auto. Er hatte gerade den Motor angelassen, als das Telefon in Margareta Johanssons Büro klingelte. Sie rief durchs Fenster, es sei Svedberg.

Wallander ging hinein und nahm den Hörer.

»Ich habe den Busfahrer gefunden«, berichtete Svedberg. »Es war leichter, als ich zu hoffen gewagt habe. Er heißt Anton Eklund.«

»Gut«, sagte Wallander.

»Es wird noch besser. Rate mal, was er gemacht hat. Er hat die Teilnehmerlisten von seinen Reisen aufgehoben. Und er besitzt Fotografien von der Reise damals.«

»Von Simon Lamberg aufgenommen?«

»Wie konntest du das wissen?«

»Ich habe genau das getan, worum du mich gebeten hast. Ich habe geraten.«

»Er wohnt in Trelleborg. Er ist Rentner, und wir sind eingeladen, ihn zu besuchen.«

»Das werden wir tun. Und zwar so bald wie möglich.«

Doch zuvor hatte sich Wallander noch einen anderen Besuch vorgenommen. Einen, der nicht aufgeschoben werden konnte.

Von Rynge wollte er direkt zu Elisabeth Lamberg fahren.

Er hatte eine Frage, auf die er sofort eine Antwort haben wollte.

Sie war draußen im Garten, als er kam. Sie stand über eines der Beete gebeugt, und als er über den Zaun hinweg lauschte, meinte er zu hören, daß sie vor sich hin summte. Tief schien die Trauer über den Verlust ihres Mannes nicht zu sein. Als Wallander das Gartentor öffnete, hörte sie ihn und richtete sich auf. Sie hatte einen kleinen Spaten in der Hand. Sie blinzelte gegen das Sonnenlicht.

»Es tut mir leid, daß ich schon jetzt zurückkommen und Sie stören muß«, sagte Wallander. »Aber ich habe eine Frage, die nicht warten kann.«

Sie legte den Spaten in einen Korb, der neben ihr stand.

»Wollen wir hineingehen?«

»Das ist nicht nötig.«

Sie zeigte auf ein paar Gartenstühle, die in der Nähe standen, und sie setzten sich.

»Ich habe mit der Leiterin des Pflegeheims gesprochen, in dem Matilda lebt«, begann Wallander. »Ich komme gerade von dort.«

»Haben Sie Matilda getroffen?«

»Ich hatte leider zu wenig Zeit.«

Er wollte nicht sagen, wie es war. Daß es für ihn ein fast unüberwindliches Problem darstellte, mit schwerbehinderten Menschen konfrontiert zu sein.

»Wir haben über die unbekannte Frau gesprochen, die Matilda manchmal besucht.«

Elisabeth Lamberg hatte eine dunkle Sonnenbrille aufgesetzt. Er konnte ihre Augen nicht erkennen.

»Als wir das letztemal über Matilda sprachen, haben Sie diese Frau nicht erwähnt. Das erstaunt mich. Und es macht mich neugierig. Es kommt mir außerdem sonderbar vor.«

»Ich dachte nicht, daß es wichtig wäre.«

Wallander war im Zweifel, wie hart und direkt er vorgehen konnte. Immerhin war ihr Mann erst vor zwei Tagen ermordet worden.

»Ist es nicht so, daß Sie wissen, wer diese Frau ist? Aber daß Sie aus irgendeinem Grund nicht über sie sprechen wollen?«

Sie nahm die Sonnenbrille ab und blickte ihn an. »Ich weiß nicht, wer sie ist. Ich habe versucht, etwas herauszubekommen, aber es ist mir nicht gelungen.«

»Was haben Sie getan, um es herauszubekommen?«

»Das einzige, was ich tun konnte. Das Personal gebeten, mich anzurufen, sobald sie auftaucht. Und das haben sie auch getan. Aber ich bin bisher nie schnell genug gewesen.«

»Sie hätten das Personal doch auch bitten können, sie nicht hineinzulassen. Oder ihr Bescheid zu geben, daß sie Matilda nicht besuchen dürfe, ohne ihren Namen zu nennen.«

Elisabeth Lamberg sah ihn fragend an.

»Sie hat ihren Namen gesagt. Beim erstenmal, als sie da war. Hat Frau Johansson das nicht erzählt?«

»Nein.«

»Sie hat sich als Siv Stigberg vorgestellt und gesagt, sie wohne in Lund. Aber es gibt dort keine Person dieses Namens. Das habe ich geprüft. Ich bin die Telefonbücher des ganzen Landes durchgegangen. Es gibt eine Siv Stigberg in Kramfors und eine in Motala. Ich bin sogar mit beiden in Kontakt getreten, aber keine hatte eine Ahnung, wovon ich redete.«

»Sie hat also einen falschen Namen angegeben. Vielleicht hat Margareta Johansson deshalb nichts gesagt.«

»Ja. Anders kann ich es mir nicht erklären.«

Wallander überlegte. Er glaubte jetzt, daß sie die Wahrheit sagte. »Das Ganze ist sehr merkwürdig. Ich verstehe immer noch nicht, warum Sie es nicht schon beim letztenmal erzählt haben.«

»Mittlerweile denke ich auch, daß ich es hätte tun sollen.«

»Sie müssen sich darüber Gedanken gemacht haben, wer diese Frau ist. Warum sie diese Besuche macht.«

»Natürlich habe ich das. Und deshalb habe ich auch der Leiterin gesagt, daß sie Matilda weiterhin besuchen dürfe. Eines Tages werde ich es schaffen, rechtzeitig hinzukommen.«

»Und was tut sie, wenn sie dort ist?«

»Sie bleibt nur ganz kurz. Sie sieht Matilda an, aber sie sagt nie etwas. Obwohl Matilda es mitbekommt, wenn man mit ihr spricht.«

»Haben Sie Ihren Mann nie nach dieser Frau gefragt?«

Ihre Stimme war voll Bitterkeit, als sie antwortete. »Warum hätte ich das tun sollen? Er interessierte sich nicht für Matilda. Sie war ein Mensch, der für ihn nicht existierte.«

Wallander erhob sich von dem Gartenstuhl.

»Ich habe trotzdem Antwort auf meine Frage erhalten«, sagte er.

Er fuhr auf direktem Weg ins Polizeipräsidium zurück. Das Gefühl, daß es eilte, war plötzlich sehr stark. Es war schon später Nachmittag geworden. Svedberg war in seinem Zimmer.

»Dann fahren wir nach Trelleborg«, sagte Wallander in der Tür. »Hast du die Adresse von diesem Fahrer?«

»Anton Eklund wohnt im Stadtzentrum.«

»Vielleicht ist es besser, du rufst an und fragst, ob er zu Hause ist.«

Svedberg suchte die Telefonnummer heraus. Eklund meldete sich fast sofort.

»Wir sind willkommen«, sagte Svedberg, als er aufgelegt hatte. Sie fuhren in seinem Wagen, der besser war als Wallanders. Svedberg fuhr schnell und sicher. Zum zweitenmal an diesem Tag fuhr Wallander auf dem Strandväg nach Westen. Er erzählte von seinen Besuchen im Pflegeheim und bei Elisabeth Lamberg.

»Ich werde das Gefühl nicht los, daß diese Frau eine wichtige Rolle spielt«, sagte er, »und daß sie eindeutig etwas mit Simon Lamberg zu tun hatte.«

Sie fuhren schweigend weiter. Wallander nahm die Landschaft abwesend zur Kenntnis.

Für einen Moment nickte er sogar ein. Seine Backe tat kaum noch weh. Die Zungenspitze hatte sich an die provisorische Krone gewöhnt.

Svedberg brauchte nur einmal zu fragen, um zu Anton Eklunds Adresse in Trelleborg zu gelangen. Es war ein rotes mehrgeschossiges Ziegelhaus in der Stadtmitte. Eklund wohnte im Parterre. Er hatte sie kommen sehen und wartete in der geöffneten Tür. Er war ein großgewachsener Mann mit grauer Haarpracht. Als er Wallander die Hand gab, drückte er so fest zu, daß es fast weh tat. Er bat sie einzutreten. Die Wohnung war klein. Es war für Kaffee gedeckt. Wallander bekam sofort den Eindruck, daß Eklund allein lebte. Die Wohnung war ordentlich geputzt, gab ihm aber trotzdem das Gefühl, daß hier ein einsamer Mann wohnte.

Seine Vermutung wurde bestätigt, sobald sie sich gesetzt hatten. »Ich lebe allein«, sagte Eklund. »Meine Frau ist vor drei Jahren gestorben. Da bin ich hierher gezogen. Ein einziges Jahr hatten wir als Rentner noch zusammen, dann lag sie eines Morgens tot im Bett.«

Keiner erwiderte etwas. Es gab auch nichts zu sagen. Eklund reichte ihnen einen Teller mit Gebäck.

Wallander nahm ein Stück Kuchen. »Im März 1981 haben Sie eine Busreise nach Österreich gemacht«, begann er. »Mark-Reisen war der Veranstalter. Sie fuhren vom Norra Bantorget in Stockholm ab.«

»Wir wollten nach Salzburg und anschließend nach Wien. Zweiunddreißig Teilnehmer, der Reiseleiter und ich. Der Bus war ein Skania. Vollkommen neu.«

»Ich dachte, Busreisen auf den Kontinent hätten Ende der sechziger Jahre aufgehört«, sagte Svedberg.

»Das stimmt auch«, bestätigte Eklund. »Aber sie sind wieder in. Mark-Reisen hatte das richtige Konzept. Es gibt eine Menge Menschen, die absolut nicht in die Luft wollen, um sich kurz darauf an einem entlegenen Ferienziel ausspucken zu lassen. Sie wollen wirklich reisen, und dafür muß man schön auf dem Boden bleiben.«

»Ich habe gehört, daß Sie die Teilnehmerlisten aufgehoben haben«, sagte Wallander.

»Das war geradezu eine Manie von mir. Ich blättere manchmal darin. An viele der Passagiere erinnert man sich überhaupt nicht. Andere Namen rufen Erinnerungen wach. Meistens gute, aber einige würde man am liebsten vergessen.«

Er stand auf und holte eine Plastikhülle aus einem Regal. Er reichte sie Wallander. Darin befand sich eine Liste mit zweiunddreißig Namen. Fast sofort entdeckte Wallander Lamberg.

Er ging langsam die übrigen Namen durch. Keiner von ihnen war bisher in der Ermittlung aufgetaucht. Von den zweiunddreißig Passagieren kam mehr als die Hälfte aus Mittelschweden. Dann waren da noch ein Paar aus Härnösand, eine Frau aus Luleå und sieben Personen aus Südschweden. Aus Halmstad, Eslöv und Lund. Wallander gab Svedberg die Liste.

»Und haben Sie auch Fotos von der Reise, an der Lamberg teilgenommen hat?«

»Weil er Fotograf war, wurde er zum Hoffotografen für diese Reise ernannt. Er machte fast alle Bilder. Diejenigen, die Abzüge haben wollten, schrieben ihre Namen auf eine Liste. Alle bekamen, was sie bestellt hatten. Er hat gehalten, was er versprochen hat.«

Eklund hob eine Zeitung an. Darunter lag ein Umschlag mit Fotos.

»Ich habe diesen Packen Bilder umsonst bekommen. Lamberg hat sie selber zusammengestellt. Ich habe sie nicht ausgesucht.«

Wallander schaute langsam den Stapel durch. Es waren insgesamt neunzehn Bilder. Er ahnte bereits, daß Lamberg nicht zu sehen sein würde, weil er die Bilder gemacht hatte. Aber auf dem vorletzten Bild war er auf einem Gruppenfoto dabei. Auf der Rückseite stand, daß das Bild auf einem Rastplatz zwischen Salzburg und Wien aufgenommen worden war. Auch Eklund war darauf. Wallander nahm an, daß Lamberg den Selbstauslöser betätigt hatte.

Er ging die Bilder noch einmal durch. Studierte Details und Gesichter. Plötzlich bemerkte er, daß auf allen Bildern das Gesicht einer Frau zu sehen war. Sie sah immer direkt in die Kamera. Und sie lächelte. Als Wallander sie betrachtete, hatte er das Gefühl, etwas an ihr käme ihm bekannt vor. Ohne daß er sagen konnte, was es war. Er bat Svedberg, sich die Bilder anzusehen.

»Haben Sie eine Erinnerung an Lamberg von dieser Reise?«

»Anfangs habe ich ihn nicht besonders beachtet. Aber dann wurde es ja bedeutend dramatischer.«

Svedberg blickte hastig von den Bildern auf.

»Wieso?« fragte Wallander.

»Man sollte vielleicht nicht über so etwas reden«, meinte Eklund zögernd. »Jetzt, wo er tot ist. Aber er hatte ein Verhältnis mit einer der Damen aus der Reisegesellschaft. Und kein besonders einfaches.«

»Inwiefern?«

»Sie war verheiratet. Und ihr Mann fuhr ebenfalls mit.«

Wallander ließ die Antwort langsam auf sich einwirken.

»Da war noch etwas, was die Sache nicht besser machte.«

»Und was war das?«

»Sie war eine Pastorenfrau. Ihr Mann war Pastor.«

Eklund zeigte ihn auf einem der Bilder. Das Gesangbuch flimmerte durch Wallanders Kopf. Er fühlte, wie ihm der Schweiß ausbrach. Er warf Svedberg einen Blick zu und hatte den Eindruck, daß dieser die gleiche Überlegung anstellte wie er selbst.

Wallander griff nach dem Bilderstapel. Er nahm eins heraus, auf dem die unbekannte Frau in die Kamera lachte. »Ist sie das?« fragte er.

Eklund sah auf das Bild und nickte. »Das ist sie. Eine Pastorenfrau aus einer Gemeinde in der Nähe von Lund.«

Wallander wechselte einen weiteren Blick mit Svedberg. »Und wie endete das Ganze?«

»Das weiß ich nicht. Ich bin nicht einmal sicher, ob der Pastor überhaupt bemerkt hat, was hinter seinem Rücken vorging. Auf mich machte er einen leicht weltfremden Eindruck. Aber die Situation während der Reise war ziemlich unangenehm.«

Wallander sah sich das Bild der Frau noch einmal genauer an. Plötzlich wußte er, wer sie war. »Wie hieß diese Pastorenfamilie?«

»Wislander. Er hieß Anders und sie Louise.«

Svedberg studierte die Teilnehmerliste und schrieb sich die Adresse auf.

»Wir würden uns gern einige der Bilder ausleihen«, sagte Wallander. »Sie bekommen sie selbstverständlich zurück.«

Eklund nickte.

»Ich hoffe, ich habe nichts Falsches gesagt.«

»Im Gegenteil. Sie haben uns sehr geholfen.«

Sie bedankten sich für den Kaffee und verabschiedeten sich.

»Diese Frau paßt auf die Beschreibung der Frau, die Matilda Lamberg besucht«, sagte Wallander. »Ich brauche sofort die Bestätigung, daß es wirklich so ist. Warum sie Matilda besucht, weiß ich nicht. Aber das ist eine Frage für später.«

Sie hasteten zum Auto. Bevor sie losfuhren, rief Wallander in Ystad an und bekam mit einiger Mühe Martinsson an den Apparat. Er erklärte kurz, was geschehen war, und bat ihn herauszufinden, ob Anders Wislander noch Pastor in einer Gemeinde außerhalb von Lund war. Nachdem sie in Rynge fertig wären, würden sie so schnell wie möglich ins Präsidium kommen.

»Glaubst du, daß sie es gewesen ist?« fragte Svedberg, als sie Trelleborg verließen.

Wallander schwieg lange, bevor er antwortete.

»Nein«, sagte er dann. »Aber er könnte es gewesen sein.«

Svedberg warf ihm einen Blick zu.

»Ein Pastor?«

Wallander nickte.

»Warum nicht? Pastoren sind Pastoren, aber sie sind auch nur Menschen. Natürlich kann es ein Pastor gewesen sein. Gibt es im übrigen nicht viele Messinggegenstände in einer Kirche?«

Sie hielten kurz in Rynge. Die Leiterin konnte die Frau auf dem Bild, das Wallander ihr zeigte, sofort als die Unbekannte identifizieren, die Matilda hin und wieder besuchte.

Dann fuhren sie ins Polizeipräsidium nach Ystad und gingen sofort zu Martinsson. Hansson war auch im Zimmer.

»Anders Wislander ist noch Pastor in der Nähe von Lund«, berichtete Martinsson. »Aber im Moment ist er krank geschrieben.«

»Warum das?« fragte Wallander.

»Aufgrund einer persönlichen Tragödie.«

Wallander sah ihn an.

»Was ist denn passiert?«

»Seine Frau ist vor gut einem Monat gestorben.«

Es wurde still im Raum.

Wallander hielt den Atem an. Er wußte nichts mit Bestimmtheit, dennoch fühlte er sich jetzt sicher. Sie würden die Lösung, oder zumindest einen Teil der Lösung, bei Pastor Anders Wislander in Lund finden. Er ahnte den Zusammenhang.

Wallander nahm seine Kollegen mit ins Sitzungszimmer. Von irgendwoher war auch Nyberg zu ihnen gestoßen.

Wallander legte ihnen seine Auffassung sehr entschieden dar. Bis auf weiteres würde alles übrige liegenbleiben. Jetzt galt es, sich ganz auf Anders Wislander und seine verstorbene Frau zu konzentrieren. Im Verlauf des Abends versuchten sie, soviel wie möglich über die beiden herauszufinden. Wallander hatte verlangt, daß sie vorsichtig vorgingen und so diskret wie möglich. Als Hansson vorgeschlagen hatte, Wislander noch am selben Abend aufzusuchen, hatte Wallander entschieden abgewinkt. Das hatte Zeit bis zum nächsten Tag. Jetzt würden sie dafür sorgen, daß sie so viele Informationen wie möglich in die Hände bekamen.

Svedberg gelang es mit Hilfe eines befreundeten Journalisten, einen Nachruf auf Louise Wislander aus ›Sydsvenska Dagbladet‹ zu bekommen. Daraus ging hervor, daß sie siebenundvierzig Jahre alt war, als sie starb. Nach langem und geduldig ertragenem Leiden, wie es in dem Nachruf hieß. Sie diskutierten hin und her, was das bedeuten konnte. Sie hatte wohl kaum Selbstmord begangen. Vielleicht war es Krebs gewesen. In der Todesanzeige waren zwei Kinder unter den Trauernden aufgeführt.

Sie überlegten, ob sie schon jetzt Kontakt mit den Kollegen in Lund aufnehmen sollten. Wallander zögerte zunächst, kam dann aber zu der Meinung, daß es dafür noch zu früh sei.

Es war nicht viel, was sie vollständig klären konnten. Eher handelte es sich darum, das, was sie schon wußten, durchzugehen und Anders und Louise Wislander als Raster über die bereits bekannten Umstände um Simon Lambergs Tod zu legen.

Kurz nach acht am Abend bat Wallander Nyberg, etwas zu tun, was normalerweise nicht in seinen Aufgabenbereich fiel. Er sollte herausfinden, ob Wislanders Privatadresse eine Villa oder eine Wohnung war. Nyberg verschwand. Jemand hatte Pizza bestellt. Während sie aßen, versuchte Wallander ein Bild zu zeichnen, in dem Anders Wislander der Täter war.

Es gab viele Einwände. Die angebliche Liebesgeschichte zwischen Simon Lamberg und Louise Wislander lag sieben Jahre zurück. Warum sollte Anders Wislander erst jetzt reagieren? Gab es überhaupt etwas, was dafür sprach, daß er der Mörder sein konnte? Wallander sagte sich, daß alle diese Einwände durchaus berechtigt waren. Er schwankte selbst, ohne von seiner Überzeugung abzurücken, daß sie trotz allem der Lösung nahe waren.

»Das einzige, was wir tun müssen, ist, mit Wislander zu sprechen«, sagte er. »Und das tun wir morgen. Dann sehen wir weiter.«

Nyberg kam zurück. Er konnte mitteilen, daß Wislander in einem Einfamilienhaus wohnte, das der schwedischen Kirche gehörte. Weil er krank geschrieben war, nahm Wallander an, daß sie ihn dort antreffen würden. Bevor sie auseinandergingen, beschloß er, am nächsten Tag Martinsson mitzunehmen. Es genügte, wenn sie zu zweit waren.

Gegen Mitternacht fuhr er durch die Frühlingsnacht nach Hause. Er nahm den Weg am Sankta Gertruds Torg vorbei. Alles war sehr still. Ein Gefühl von Trauer und Müdigkeit durchzog ihn. Die Welt schien für einen Augenblick nur aus Krankheit und Tod zu bestehen. Und aus der Leere, die Mona zurückgelassen hatte. Doch dann sagte er sich, daß der Frühling gekommen war, und schüttelte die Schwermut ab. Morgen würden sie Wislander treffen. Dann würde es sich zeigen, ob sie der Lösung näher gekommen waren.

Er saß noch lange wach. Dachte, daß er am liebsten Linda und Mona anrufen würde. Gegen ein Uhr kochte er ein paar Eier, die er an der Spüle stehend aß. Bevor er ins Bett ging, betrachtete er sein Gesicht im Badezimmerspiegel. Seine Backe war immer noch verfärbt. Und er mußte sich die Haare schneiden lassen.

In dieser Nacht schlief er unruhig.

Er stand schon um fünf Uhr auf. Während er auf Martinsson wartete, sortierte er den Berg schmutziger Wäsche und saugte Staub. Er trank mehrere Tassen Kaffee, trat immer wieder ans Küchenfenster und durchdachte aufs neue alle Umstände, die zu Simon Lambergs Tod geführt hatten.

Um acht Uhr ging er auf die Straße hinunter und wartete. Es würde wieder ein schöner Frühlingstag werden.

Martinsson war wie üblich pünktlich. Wallander setzte sich ins Auto. Sie fuhren nach Lund.

»Ich habe ausnahmsweise schlecht geschlafen«, sagte Martinsson. »Das tue ich sonst nie. Aber mir war gestern abend, als hätte ich Vorahnungen.«

»Vorahnungen in bezug worauf?«

»Ich weiß es nicht genau.«

»Es waren sicher nur Frühlingsgefühle.«

Martinsson warf ihm einen Blick zu. »Was für Frühlingsgefühle?«

Wallander antwortete nicht. Er murmelte nur kaum hörbar etwas vor sich hin.

Sie erreichten Lund um kurz vor halb neun. Martinsson war wie gewöhnlich ruckhaft und unkonzentriert gefahren, aber er hatte offenbar die Wegbeschreibung im Kopf gehabt. Er fand direkt zu der Straße in dem Villenviertel, in dem Wislander wohnte. Sie fuhren am Haus mit der Nummer neunzehn vorbei und parkten den Wagen außer Sichtweite.

»Gehen wir«, sagte Wallander. »Überlaß mir das Reden.«

Das Haus war groß. Wallander nahm an, daß es Anfang des Jahrhunderts gebaut worden war. Als sie durch das Gartentor traten, registrierte er, daß der Garten ungepflegt war. Er sah, daß Martinsson es ebenfalls bemerkte. Wallander klingelte an der Haustür. Fragte sich, was sie wohl erwartete. Er klingelte noch einmal. Niemand öffnete. Erneutes Klingeln. Keine Reaktion. Nichts. Wallander entschied sich schnell.

»Warte hier. Nicht beim Haus, sondern draußen auf der Straße. Seine Kirche liegt nicht weit von hier entfernt. Ich nehme deinen Wagen.«

Wallander hatte sich den Namen der Kirche

notiert. Auf einer Karte hatte Svedberg am Abend zuvor gezeigt, wo sie lag. Er brauchte fünf Minuten, um dorthin zu gelangen. Die Kirche schien verlassen. Vielleicht hatte er sich geirrt. Anders Wislander war nicht da. Aber als er die Kirchentür anfaßte, war sie unverschlossen. Er betrat den dunklen Vorraum und zog die Tür hinter sich zu. Alles war sehr still. Die Geräusche von draußen drangen nicht durch die dicken Mauern. Wallander ging ins Kirchenschiff. Dort war es heller. Sonnenlicht fiel durch die bunten Fenster.

Wallander sah, daß jemand in der ersten Reihe saß. Ganz nah am Altar. Er bewegte sich langsam durch den Mittelgang nach vorne. Ein Mann saß dort. Vorgebeugt, wie ins Gebet versunken. Erst als Wallander fast neben ihm stand, blickte er auf. Im gleichen Augenblick erkannte Wallander ihn. Es war Anders Wislander. Sein Gesicht war das gleiche wie auf dem einen von Eklunds Bildern. Er war unrasiert, und seine Augen glänzten unnatürlich. Wallander fühlte sich bedrückt. Er bereute es jetzt, daß er Martinsson nicht mitgenommen hatte.

»Anders Wislander?« fragte er.

Der Mann sah ihn ernst an. »Wer sind Sie?«

»Ich heiße Kurt Wallander und bin Kriminalbeamter. Ich möchte gern mit Ihnen sprechen.«

Wislanders Stimme war plötzlich schrill und ungeduldig, als er antwortete. »Ich bin in Trauer. Sie stören mich. Lassen Sie mich.«

Wallander fühlte sein Unbehagen wachsen. Der Mann dort in der Bank schien einem Zusammenbruch nahe.

»Ich weiß, daß Ihre Frau tot ist«, sagte Wallander, »und darüber möchte ich mit Ihnen reden.«

Wislander stand so abrupt auf, daß Wallander zurückwich. Jetzt war er sicher, daß Wislander völlig aus dem Gleichgewicht geraten war.

»Sie stören mich, und Sie gehen nicht, obwohl ich Sie darum gebeten habe. Also muß ich mir anhören, was Sie zu sagen haben. Wir können in die Sakristei gehen.«

Wislander ging vor. Beim Altar wandte er sich nach links. Wallander sah an seinem Rücken, daß er ungewöhnlich kräftig war. Er konnte der Mann gewesen sein, den er einzuholen versucht und der ihn niedergeschlagen hatte.

In der Sakristei standen ein kleiner Tisch und einige Stühle. Wislander setzte sich und wies auf einen weiteren Stuhl. Wallander zog ihn zu sich heran und fragte sich, wie er anfangen sollte. Wislander betrachtete ihn mit seinen glänzenden Augen. Wallander blickte sich rasch im Raum um. Auf einem anderen Tisch standen zwei große Leuchter. Wallander starrte sie an, ohne zunächst darauf zu kommen, was an ihnen seine Aufmerksamkeit erregt hatte. Dann sah er, daß einer von ihnen anders war. Einer der Arme fehlte. Die Leuchter waren aus Messing. Wallander sah Wislander an. Erkannte, daß dieser bereits wußte, was Wallander gesehen hatte. Dennoch traf ihn der Angriff vollkommen unvorbereitet. Mit einem Brüllen stürzte Wislander sich auf Wallander. Er umklammerte mit beiden Händen Wallanders Hals, und seine Kraft, oder sein Wahnsinn, waren enorm. Wallander wehrte sich. Die ganze Zeit schrie Wislander unzusammenhängendes Zeug. Doch Wallander bekam so viel mit, daß es sich um Simon Lamberg drehte, um den Fotografen, der sterben mußte. Dann ließ sich Wislander in seiner Verwirrung über die Apokalyptischen Reiter aus. Unterdessen kämpfte Wallander, um sich aus der Umklammerung zu befreien. Mit gewaltiger Anstrengung gelang es ihm schließlich. Aber Wislander warf sich sogleich wieder über ihn, wie ein Tier, das um sein Leben kämpft. Im Verlauf ihres Ringens hatten sie sich zum Tisch hinüberbewegt, auf dem die Leuchter standen. Wallander konnte einen davon greifen und schlug ihn Wislander ins Gesicht. Er sackte sofort zusammen. Im ersten Augenblick dachte Wallander, er hätte ihn erschlagen. So wie Lamberg erschlagen worden war. Doch dann merkte er, daß Wislander atmete.

Wallander sank keuchend auf einen Stuhl. Er fühlte, daß sein Gesicht zerkratzt war. Der provisorisch behandelte Zahn war jetzt zum drittenmal kaputt.

Wislander lag auf dem Fußboden. Langsam kam er wieder zu sich. Gleichzeitig hörte Wallander, wie die Kirchentür geöffnet wurde.

Er verließ die Sakristei, um Martinsson entgegenzugehen, der unruhig geworden war und von Wislanders Nachbarn aus ein Taxi gerufen hatte.

Alles war sehr schnell gegangen. Aber Wallander wußte, daß es jetzt vorbei war. Er hatte auch den Mann wiedererkannt, der ihn in Ystad niedergeschlagen hatte. Er hatte ihn erkannt, ohne eigentlich je sein Gesicht gesehen zu haben. Aber er war es. Daran bestand kein Zweifel.

Einige Tage später versammelte Wallander seine Kollegen im Sitzungsraum des Polizeipräsidiums um sich. Es war Nachmittag. Ein Fenster war geöffnet, und endlich war die Frühjahrswärme deutlich zu spüren. Wallander hatte seine Verhöre mit Anders Wislander vorerst beendet. Der Mann war jetzt in einer so schlechten psychischen Verfassung, daß ein Arzt Wallander von weiteren Verhören abgeraten hatte. Doch Wallander hatte ein klares Bild gewonnen und konnte seinen Kollegen eine Darstellung des Geschehens geben.

»Alles ist dunkel und finster und tragisch«, begann er. »Simon Lamberg und Louise Wislander haben sich nach jener Busreise weiter heimlich getroffen. Ihr Mann hat nichts davon gewußt. Bis neulich, kurz bevor Louise Wislander starb. Sie hatte Leberkrebs. In ihrer Todesstunde hat sie ihm ihre Untreue gestanden. Wislander geriet vollkommen aus dem Gleichgewicht und erlitt einen Anfall von Geistesgestörtheit. Anders läßt sich sein Zustand nicht bezeichnen. Teils aus Trauer über den Tod seiner Frau, teils aus Wut und Verzweiflung über ihren Verrat. Er begann Lamberg zu beschatten und gab ihm auch die Schuld am Tod seiner Frau. Wislander ließ sich krank schreiben und verbrachte fast seine gesamte Zeit hier in Ystad. Er beobachtete das Fotoatelier, wohnte in einem der kleinen Hotels hier in Ystad. Er folgte auch der Putzhilfe, Hilda Waldén. An einem Samstag brach er in ihre Wohnung ein, entwendete die Schlüssel und ließ Kopien davon anfertigen. Bevor sie zurückkam, hatte er die Schlüssel schon wieder an ihren Platz gelegt.

Auf diese Weise verschaffte er sich Zugang zum Atelier und erschlug Lamberg mit einem Leuchter. In seiner Verwirrung glaubte er danach, Lamberg lebe noch. Also kam er tatsächlich zurück, um ihn noch einmal totzuschlagen. Das Gesangbuch verlor er, als er sich in dem Garten versteckte. Daß er das Radio anmachte und die Sendereinstellung veränderte, ist ein kurioses Detail. In seinem Kopf spukte die Vorstellung, er könne aus dem Radio die Stimme Gottes hören. Und daß Gott ihm die Schuld, die er mit seiner Tat auf sich geladen hatte, vergeben würde. Aber statt dessen erwischte er einen Kanal, auf dem Rockmusik gesendet wurde. Die Bilder waren einzig und allein Lambergs Werk. Sie hatten nichts mit dem Mord zu tun. Er hatte für Politiker und andere Machtmenschen wohl nur Verachtung übrig. Außerdem war er also unzufrieden mit der Polizei. Er war ein Querulant. Ein kleiner Mann, der die Welt dadurch beherrschte, daß er Gesichter deformierte. Aber dies ist jedenfalls die Lösung des ganzen Falles. Ich kann mir nicht helfen, aber Wislander tut mir leid. Seine Welt brach zusammen. Und er konnte dem nichts entgegensetzen.«

Es wurde still im Raum.

»Warum hat Louise Wislander Lambergs behinderte Tochter besucht?« fragte Hansson.

»Darüber habe ich auch nachgedacht«, antwortete Wallander. »Vielleicht hatten Simon Lamberg und sie sich auf dieser Busreise in einer Leidenschaft gefunden, die religiöse Züge hatte? Vielleicht hielten sie irgendeine Art von Fürbitte für Matilda? Fuhr Louise Wislander anschließend in das Heim, um nachzusehen, ob ihre Fürbitte erhört worden war? Vielleicht war sie der Meinung, Matilda sei ein Opfer des früheren sündigen Lebens ihrer Eltern? Wir werden es nie erfahren. Ebensowenig, wie wir je erfahren werden, was diese beiden ungleichen Personen miteinander verband. Es gibt immer geheime Räume, in die wir nicht einzudringen vermögen. Und das ist auch gut so.«

»Man kann noch einen Schritt weitergehen«, ergänzte Rydberg. »Wenn man an Wislander denkt. Vielleicht rührte seine eigentliche Wut daher, daß Lamberg seine Frau vor allem religiös verführt hatte. Nicht erotisch. Man kann sich fragen, ob es sich in diesem Fall nur um die ganz normale Eifersucht gehandelt hat.«

Erneut trat Stille ein. Dann kamen sie wieder auf Lambergs Bilder zu sprechen.

»Auf seine Art muß der doch auch verrückt gewesen sein«, meinte Hansson. »Seine Freizeit damit zu verbringen, die Fotos bekannter Personen zu deformieren.«

»Vielleicht ist die Erklärung eine ganz andere?« schlug Rydberg vor. »Vielleicht gibt es heutzutage Menschen, die sich so ohnmächtig fühlen, daß sie sich nicht mehr an dem beteiligen, was wir das demokratische Gespräch zu nennen pflegen. Sondern sich statt dessen Riten zuwenden. Und wenn es so ist, dann ist es um unser Land wirklich schlecht bestellt.«

»An die Möglichkeit habe ich noch gar nicht gedacht«, sagte Wallander. »Aber du kannst natürlich recht haben. Und dann stimme ich dir zu. Dann ist wirklich etwas faul im Staate Schweden.«

Ihre Sitzung war vorüber. Wallander fühlte sich müde und niedergeschlagen. Trotz des schönen Wetters. Und Mona fehlte ihm.

Dann schaute er auf die Uhr. Viertel nach vier.

Er mußte wieder zum Zahnarzt.

Zum wievielten Mal, wußte er nicht mehr.